Irving Joshafat Rodríguez Morales

UNA DE VAQUEROS

Introducción

Mi Michoacán es el estado más hermoso, no solo en México, sino en el mundo, no lo digo como una cuestión de alguien que típicamente está orgulloso de su lugar de origen, sino que tenemos todo para salir adelante, un puerto de importancia internacional, minas de minerales importantes como ferrita, cuprita, etc., la tierra es fértil, además de ser una tierra fértil, a la vez estos paisajes son dignos de un cuento fantástico, todo esto sin mencionar que tenemos una cultura muy rica que hasta la fecha conservamos. Michoacán es hermoso y no por nada es llamado "El alma de México". Cualquier cosa que le siembres es seguro que te lo dé, pero esa bendición es a la vez su maldición: desafortunadamente se ha convertido en un hermoso pozo de mierda debido a la guerra del narco, que llegó a raíz de que se firmó el tratado de libre comercio, que le dio auge al estado, permitiendo a su gente exportar a USA y Canadá productos como, limón, fresa, maíz, mango y por supuesto, el aguacate. Es cierto que desde los tiempos del tratado de "Libre Comercio" ya había presencia de estos grupos, pero no fue hasta el año 2007 que se despertó la bestia a la que se le permitió gestarse y a partir de ahí fue de mal a peor. Yo estaba en la primaria cuando se desató todo, el presidente Fecal declaró la guerra al narcotráfico, los de abajo pensábamos que todo se iba a solucionar con esa decisión, la idea de guerra nos aterraba e ilusionaba al mismo tiempo, pensando que los iban a combatir sin tregua, y así la situación se iba a mejorar, pero la realidad, como ya sabemos hoy con el caso de Genaro García Luna y varios otros de esas administraciones, es que lamentablemente lucraron con la guerra del narco, Fecal les declaró la guerra y mientras los de abajo, que son el pueblo que quedó en medio del fuego cruzado de los militares y los sicarios, que también son pueblo, sufríamos, los de arriba lucraban y siguen haciéndolo, me refiero a las élites. Volviendo al tema, los militares y el hampa anteriormente mencionados son enemigos, es cierto, pero no olvidemos que ambos pertenecen a la misma clase social, y estos siguen siendo el pueblo que solo está utilizando su instinto para sobrevivir, si están en un entorno violento es obvio que tienen que adaptarse, la dualidad del hombre, como dijo C. G. Jung, el ser humano solo es un reflejo de su entorno, si este no se adapta, muere, desde siempre ha sido así. Todos sabemos que se dice que nadie obliga a ambos bandos, pero en muchos casos el narcotráfico obliga con amenazas a gran parte de sus huestes y otros más no accedieron a una educación de calidad, la educación no te asegura la movilidad social, pero si te hace menos manipulable y te da más oportunidades, además, muchos crecieron en un entorno que los obliga a comportarse así, los soldados provienen de la misma clase social, a estos, los sueldos o las oportunidades que ofrece ejército les parece una excelente oportunidad para salir de su situación económica o hacer una carrera ahí y asegurar a sus familias, aunque también en parte, el ejército parece una idea atractiva porque a lo largo de nuestra historia se ha glorificado y glorificado esa profesión, hasta la fecha lo seguimos haciendo, y la prueba es todo el entretenimiento que sale acerca de esa profesión, videojuegos como Call of Duty, o películas como Rambo, ese mismo entretenimiento es una excelente publicidad. En fin, ninguno de estos bandos escogió al cien por ciento su destino, y el pensar que cada quien tiene lo que merece dependiendo del esfuerzo se llama meritocracia, la cual, desde mi punto de vista, está mal, porque parte de la idea de que todos nacemos con las mismas oportunidades, siendo que no todos tenemos acceso a las mismas escuelas, vivienda, comida o trabajos bien remunerados, esto en caso de que se trabaje, porque, como ya sabemos, muchos de la clase adinerada mexicana no tienen ni la necesidad de trabajar ya que la riqueza la heredaron y solo se tienen que preocupar por administrarla, lo cual está bien, todos tenemos derecho a una vida digna y todos buscamos dejar bien a nuestros hijos, lo malo es que solo esta parte de la población se puede dar este lujo, y cada vez más la brecha entre clases es más grande, como dice Chomsky, hay una guerra de clases unilateral, donde las élites tienen el sartén por el mango con el Neoliberalismo, muchos dicen que no existe este mal, explico de manera breve lo que entendí de Chomsky acerca de este, es cuando la clase adinerada se encarga de que el sistema les favorezca al pactar con el gobierno, esto se hace financiando a los mismos, lastimosamente el político que mejor publicidad tiene, tiene más posibilidades de ganar, y la publicidad cuesta dinero. En fin, desde mi punto de vista, la realidad es que la vida cambia significativamente para bien o para mal dependiendo de las circunstancias de las que partas.

Volviendo a la guerra del narco, la realidad es que el pueblo se está matando mientras los de arriba hacen negocio. Yo personalmente creo que México, así como otros países de tercer mundo, se encuentran en la misma situación previa a la revolución mexicana, adaptada a tiempos modernos, pero aún tenemos la misma desigualdad, la historia se repite, bien dicen que "El que no conoce su historia, está condenado a repetirla", hoy nos encontramos en un periodo de gran contraste entre la clase trabajadora y la clase política, aunque los políticos sea cual sea el que esté en turno, siempre diga lo contrario, nuestra situación actual se puede comparar a la Francia previa a la Revolución Francesa, en la cual la clase política y adinerada, a la cual se les denominaba "Nobles o realeza", vivían en una burbuja de lujos desconectada de la realidad del pueblo, mientras el pueblo moría de hambre, ellos derrochaban comida y construían palacios. Todos sabemos que el ser humano tiene que estar sujeto a un sistema llamado derecho, que son reglas que se encargan de regular el comportamiento del individuo en sociedad, de no cumplirse estas reglas, hay sanciones. ¿A qué voy con esto? Lo que digo es que si los gobernantes no cumplen con su parte del contrato social, se supone que tienen reglas que regulan este comportamiento corrupto, pero al ser ellos mismos quienes las aplican, ¿Crees que el mismo se va a castigar?, esto del contrato social lo dijo Rousseau en el capítulo Del soberano, es: "El acto de asociación implica un compromiso recíproco del público con los poderosos, esto es la obediencia hacia esa figura contratada, a cambio este tiene que cumplir con su parte, que es cumplir con lo prometido, de no hacerse eso, no se cumple con este contrato". Cuando no se cumple con esto ya sabemos lo que pasa, solo hace falta que el pueblo se harte, el pueblo pasa a ser quien aplica esas sanciones, tal como pasó en la Revolución Francesa, Rusa y Mexicana. Esta última consiguió cosas buenas en un principio, el país estaba creciendo, el decremento de México se puede explicar con un partido, el Partido Revolucionario Institucional, fundado con los ideales de la revolución, todos conocemos a Emiliano Zapata, un general revolucionario, que tiene frases tales como "La tierra es para el que la trabaja", bajo estas ideas se fundó ese partido, el cual en un principio era de Izquierda, pero hoy en día pasa algo tan absurdo como que ese mismo partido se alía con partidos tanto de derecha como de izquierda, esto explica cómo se fue deformando el sistema a favor de unos pocos, fue a partir del presidente Miguel Alemán cuando se fue deformando la constitución a favor de las malas prácticas de los políticos, estos aparte de los salarios exorbitantes que reciben mensualmente, no les basta, así que desvían recursos para cumplir sus fantasías asquerosas. Pero, en fin, no me quiero detener en cosas muy locales. El punto es que el pueblo, del país que sea, no les quedará de otra más que levantarse para defender lo que les corresponde.

México prácticamente tiene asegurado lugar como potencia en la nueva época, los elementos que van a destacar en la nueva época son las tierras raras, el Silicio y el Litio, México cuenta con una mina enorme de litio, esta mina tiene alrededor del 70% del litio mundial, la mina en cuestión se encuentra en

Sonora, sin embargo, como ya lo pueden sospechar, nuestro flamante gobierno la tiene vendida a Canadá, y estos están ofreciéndola a China, y Estados Unidos también quiere entrar al negocio, no me cabe en la cabeza cómo todos estos países están peleando por esa mina que se encuentra en nuestra tierra, todos se pelean por ella excepto México, sin embargo, México es de los Mexicanos, esa mina y las riquezas no es de las personas que solo van a durar seis años que por unos cuantos pesos regalan parte de nuestro país, esa mina y todo lo que hay en México nos pertenece al pueblo y aún estamos a tiempo de recuperarlo. Esa mina nos aseguraría un lugar en la nueva era donde los autos eléctricos serán los de uso común, esta situación me recuerda la época del dominio español se estaba llevando las riquezas a cambio de espejos mientras nosotros nos hundíamos más ellos crecían como potencia.

Creo que se entiende mi idea, mi tierra se encuentra herida y solo está esperando a que el pueblo la defienda, ni más ni menos. Es un caballo hermoso, al cual le han faltado jinetes dignos. Mientras las personas tenemos que seguir aguantando, esperar a que llegue un presidente mágico que nos saque de nuestra situación, trabajar al día por un sueldo miserable y muy a menudo recurrir a préstamos con usura a cambio de salir de nuestros apuros. Eso es solo mi libre pensar de lo que es la situación actual de México.

En fin, lo anterior es para dar contexto del país en el que se desarrolla la historia, la época en que se desarrolla yo aún era un adolescente, no sabía lo que era realmente la muerte, no sabía que me encontraba en un mundo tan diverso y lleno de maldad, donde puedes encontrar genios que son capaces de crear una hermosa melodía, una pintura, una obra literaria, o hacer cosas increíbles usando su cuerpo, pero también un mundo oscuro donde hay gente que nació con el don de hacer daño de la manera más cruel y utilizar su ingenio para lastimar de maneras inimaginables. Yo estaba en quinto grado de primaria cuando a un amigo de mi familia lo encontraron tirado en la plaza municipal de Pátzcuaro con las manos atadas, sin ropa y con un corte en la garganta de extremo a extremo. A mí me impresionó siquiera escuchar que eso se le podía hacer a alguien, además, me impresionó debido a que era una persona un poco cercana a mi abuelo, no lo vi en persona pero de escuchar lo que había pasado con él, me impresioné mucho, era como una historia de terror, pero mil veces peor porque pasó no solo en la vida real, sino porque había sucedido en mi pueblo; después de que pasó eso, lo que decía la gente era cosas como "Es que yo creo que andaba mal" o cosas por el estilo, yo creo que lo decían porque así se sentían más tranquilas, pensando que si ellos no hacían algo malo, a ellos no les pasaría nada malo, pero lo que en realidad le pasó a ese sujeto es que era una persona a la que le iba bien en su trabajo, llegaron extorsionadores y él no les pudo pagar lo que le pedían, además, esa mentalidad de "Yo creo que andaba mal", ha permitido que esas cosas se normalicen. Cuando me tocó vivir de primera mano una experiencia de ese tipo fue en la secundaria cuando tenía doce años, habían agarrado a un líder de un cartel local, en respuesta a eso el cartel comenzó a quemar automóviles. Ese día la secundaria nos permitió regresar a nuestras casas más temprano que de costumbre debido esa situación, me junté con unos compañeros para regresar a casa en taxi, esto lo hacíamos siempre ya que ellos vivían cerca de mi casa y así ahorrábamos un poco más en el pasaje. Subimos al taxi, avanzamos por unos minutos y de pronto un auto se le atravesó al taxi, unos jóvenes de entre veinte y treinta años bajaron del auto, nos apuntaron con armas largas mientras nos gritaban para que bajáramos porque iban a quemar el taxi, afortunadamente no nos pasó nada, solo el taxi fue quemado, sin embargo, ninguna de esas historias salió en las noticias, por el contrario, el presidente Fecal en sus discursos decía que su gobierno estaba haciendo maravillas. Los primeros años fueron impactantes al escuchar todas esas noticias de balaceras, emboscadas y cuerpos mutilados que se encontraban y sucedían a no mucha distancia de donde vivíamos. Pero al paso de los años, poco a poco veíamos eso como algo normal, nos insensibilizamos y nos acostumbramos a vivir con eso. Así es, el ser humano se adapta a vivir en la mierda. De eso va la historia que estoy a punto de narrarles y espero terminar, si estás leyendo esto es obvio que lo logré, y si estoy diciéndote esto es porque lo veo muy lejano.

Es una historia en donde la guerra contra las drogas no es el antagonista, sino el ambiente en el que nos tuvimos que adaptar, espero que le des una oportunidad a esta historia. La historia es totalmente ficticia, nada aquí es real, voy a tener que decir la frase cliché, "cualquier parecido con la realidad es mera coincidencia", en serio nada, nada de lo que se verá en la historia pasó, todo viene de mi imaginación, la cual fue inspirada por todas las noticias funestas que se han normalizado con el paso del tiempo y que, si dichas noticias se le narraran a algún mexicano que vive en el México previo a los 2000, le parecería una locura. Si bien, según lo que me han contado las personas, México no era el mejor país, pero sí que las cosas empeoraron mucho. Sin más que agregar, procedo a mostrarte una fotografía de mi pensar a mis veintidós y me decido a publicar a mis veinticuatro años, este libro, que es mi ópera prima, posiblemente me avergonzará en el futuro y espero así sea porque significaría que evolucioné en mi forma de pensar y expresar mis ideas. Sin más que agregar.

ACTO I

A GANARSE LAS SOBRAS DEL PAN

Capítulo I

En un lugar de Michoacán de cuyo nombre no quiero acordarme, vivía una familia trabajadora, eran de donde la gente vive de lo que cosecha, Aguacate, Maíz, Jitomate, Calabacitas, Fresa, Limón y muchas otras cosas que seguro tú tienes en tu mesa, a mi tierra lo que siembres, lo cosechas, siempre y cuando la cuides, este don, resultó ser su maldición, pero no entremos en detalles aún. El dinero que ganábamos era un poquito más que el salario miserable, perdón, "salario mínimo" que tienen la mayoría de los mexicanos, pero tampoco era tanta la diferencia, este sueldo era proporcional a las partidas de espalda que nos poníamos, se tiene que trabajar duro para poder ganar poquito más que el promedio, la jornada laboral comienza antes de que el sol salga y termina dependiendo del tamaño del campo, pero generalmente es hasta que anochece, esto sería perfecto si lo que trabajáramos fuera para nosotros.

La historia comenzó años antes, mi familia ya se encontraba extorsionada años atrás, pero quiero comenzar desde el nudo de la historia, el cual comenzó una madrugada de un lunes del 2013, sonó mi despertador a las cinco de la mañana, se sentía el frio característico de la sierra de Michoacán, la neblina se asomaba por mi ventana y no dejaba ver el paisaje que se podía ver desde la ventana de mi cuarto, la neblina estaba iluminada por la luna, me levanté con el frio al que ya estaba acostumbrado, me vestí de prisa para que no me hiciera daño ese frio, mi familia ya se encontraba en el comedor desayunando. Yo y mi familia trabajábamos en un campo de Aguacate, cosechábamos un par de variantes de esta fruta, teníamos Aguacate Hass y en ese entonces recién habíamos introducido el Aguacate Méndez. También cosechábamos en otro terreno el maíz. Mi familia eran mi padre de nombre Leonardo Cervantes, un hombre de tes morena, bajito, delgado y muy inteligente aparte de que era un líder nato, era una persona noble, en el sentido de que le gustaba ayudar a la gente, el defecto de esto es que en ocasiones las personas se aprovechaban de esa característica, yo su hijo Gabriel Cervantes, un joven de veinticuatro años, alto, de cabello rizado, moreno y de cuerpo entre lleno y algo fornido, aunque recientemente es más lo primero, lo que más destaca es mi perseverancia, si no se hacer alguna cosa o responderla no dudaré en decir "no sé", pero les aseguro que no descanso hasta poder dominar ese tema o problema que se necesite solucionar, trato de aprender lo que sea que se necesite, tengo muchísimos defectos, soy distraído y no controlo mis impulsos los cuales en ocasiones me han llevado a cometer cosas de las que me puedo arrepentir, bueno, en fin, ¿A quién le gusta hablar de sus defectos?. Estudié una Ingeniería en el Tecnológico de Morelia y salí dejando huella, no por lo brillante, sino por esa perseverancia de la que les hablé, salí con buen promedio, el cual me bastó para que me llegara una oportunidad para estudiar en el extranjero una maestría, pero no pude ir debido a que no teníamos el dinero suficiente, esto debido a el derecho de piso que cobraba y sigue cobrando el cartel local, no se cual esté en turno ahora, pero desafortunadamente siempre hay basura que tirar, teníamos dinero, pero lo que trabajábamos era para pagar por "protección", que es como le llaman a la extorsión, en fin, estoy divagando.

Todo comenzó una mañana, en esa ocasión nos iba a acompañar mi abuelito Salvador Gallardo, padre de mi mamá, un hombre inteligente, músico de profesión, un señorón respetado en todo el pueblo, y mi mamá una mujer de cuarenta y tres años, chaparrita y que luce más joven de lo que debería, se dedicaba a hacer quesos y productos lácteos, ella también desde temprano tenía que empezar su jornada y esa vez todos necesitábamos doblar esfuerzos. La razón de eso ya la saben, teníamos que juntar una cantidad grande de dinero. Así que ese día comenzó todo como de costumbre, me desperté en cuanto sonó la alarma, a las 5 am, me vestí y bajé para desayunar, al terminar mi desayuno salí de la casa para sacar del establo a los caballos, eran mi caballo de nombre Tumbie, que en Purépecha significa joven, es de pelaje tordillo que en lenguaje común es blanco y sus cabos es decir sus patas eran negros. Era un caballo hermoso, fornido como Bucéfalo, inteligente como Babieca y su pelaje blanco era hermoso como el de Pegaso, y lo mejor de todo, era fiel como Rocinante. También saqué a la mula que nos ayudaba a trabajar, su nombre era Bianca, el nombre se lo dio mi hermanita, Leslie cuando era una bebé, esto debido a que no sabía pronunciar bien Blanca, que era el color de la mula. Los saqué del establo para ponerlos en el remolque de doble carril que estaba enganchado a la camioneta que era una Ford Bronco del noventa, ya muy vieja y oxidada, pero que jalaba como si fuera nueva, a esta la teníamos que calentar poniéndola en marcha media hora antes de utilizarla debido al frio, el punto es que nos fuimos a trabajar, cuando íbamos camino al trabajo encendimos el radio para amenizar el viaje, pero desafortunadamente se encontraba un informe del presidente en el cual decía que se encontraba haciendo maravillas y que su sexenio era la octava maravilla. A nosotros nos dio coraje escuchar todas esas estupideces por todo lo que estábamos pasando, así que mi abuelo cambió la radio, pero este mensaje se encontraba en todas las radios, así que apagó el radio. Después de unos cuarenta minutos de camino llegamos al campo donde trabajábamos, un empleado nos dijo que había un problema con el tractor, mi padre me dijo que le echara un ojo, ya que yo tengo conocimiento de Mecánica debido a que trabajé de eso cuando era adolescente, fui y chequé el tractor, les comuniqué que el problema era una bujía que se había trasroscado, le indiqué que necesitaba una tarraja con doble rosca para reavivar la cuerda de la bujía, mi Padre le dijo a un trabajador cual era la pieza y este se marchó a buscarla. Mientras él iba todos nos pusimos a trabajar ya que aparte del tractor, habíamos llevado a la mula, Bianca, esto para trabajar más rápido y así juntar el dinero más rápido y tal vez hasta comer bien por unos días, aunque sea un día eso sería bueno. En el campo teníamos ya unos aguacates listos para cosechar, ahí en ese campo ya estaban unos trabajadores embalando los aguacates para venderlos, mientras la otra parte del campo donde me encontraba yo, mi padre y mi abuelo apenas íbamos a sembrar otra cosa para aprovechar ambas temporadas, ya que no se dan las mismas cosas durante todo el año. Después de un rato el trabajador, llegó exaltado, estacionó la camioneta con un frenón e iba acompañado de un rechinido de llanta que nos asustó a todos. Llegó con el rostro pálido y gritando: "Ahí vienen, patrón, ya vienen a cobrar piso". Mi padre reaccionó rápido y nos dijo: "Ustedes tranquilos, hagan lo que ellos digan, agachen la mirada, no les respondan al menos que ellos pregunten y no los vean a los ojos". Unos segundos después se comenzó a escuchar muy débilmente la música que iba y venía con el viento, como un susurro, hasta que poco a poco se comenzó a escuchar con más fuerza, se comenzaron a ver las camionetas que venían en la carretera, eran tres, al frente venia una camioneta color rojo, un poco jodida de la pintura y con la caja destapada, en esta caja se podían observar personas armadas, la camioneta de en medio era una de Lujo, color negro con los cristales polarizados, de esas que comúnmente usan los funcionarios para sentirse poderosos y en la parte de atrás del convoy estaba una 4x4 color rojo que también tenía hombres armados en la caja. Llegaron, eran alrededor de treinta, bajaron de forma ordenada y rápida, la mitad de ellos sabían bien como moverse, como si los hubieran entrenado, la otra mitad no sabían agarrar un arma. Llegaron a donde estábamos y nos empezaron a gritar, lo que se entendía era: "De rodillas hijos de su puta madre, o aquí se quedan". Entre todos los Sicarios había dos niñitos, uno de unos diez años y otro de unos trece, el de menor edad se veía curioso y daba más lástima que miedo, era triste porque aún se veía su inocencia, no coincidía con el arma que cargaba, la cual era casi de su tamaño y yo creo que ni siquiera sabía lo que hacía realmente ahí, ni porque estaba ahí, él tal vez pensaba que estaba en una película, a ese niño le decían Chucky, la verdad le quedaba muy bien ese apodo, al otro niño de aproximadamente trece años le decían Cholo y estaba vestido como uno. Ese de trece ya casi no se le veía la cara de niño, era un cuerpo delgado, bajo de estatura, pero con la cara de maldito, tenía esa cara que es característica de las personas que han llevado una vida muy jodida, yo pensaba en todo lo que lo habían obligado a hacer o todo lo que tuvo que hacer para adaptarse a ese estilo de vida, ya casi no se le veía el rostro correspondiente a alguien de su edad. Una vez nos pusieron hincados y en fila, bajó un hombre chaparro, gordo, barbón y con actitud más que prepotente. Varios sicarios decían con acento de tierra caliente cosas como: "Agáchense, no tienen derecho a ver al patrón, si lo ven les suelto un putazo y les corto la puta cabeza". El jefe de sicarios pregunta: ¿Quién está a cargo?: Mi padre levantó la mano indicando que él era el que estaba a cargo, yo ahí me sentí frío, temía que le fuera a hacer algo a mi padre, aparte no valía la pena el riesgo porque el campo no era ni de nosotros y con lo que nos pagaban la verdad no valía la pena arriesgarse. Aun así, como ya les mencioné, él era un líder nato y tenía los pantalones bien puestos. El líder de ellos, de una manera agresiva dijo.

JEFE HOSTIL –¿Y qué esperas para atenderme, güey?

LEONARDO - Una disculpa, señor, ¿Qué pasó?, ¿Que los trae por acá?

Mi padre todo el tiempo conservaba la calma por la situación, pero en otras circunstancias estoy seguro de que le hubiera reventado la cara.

JEFE HOSTIL - A eso iba, nada más pasaba a notificarte que la protección se incrementará un poco, porque como ya sabrás están entrando nuestros contras y el patrón por eso se ve obligado a cobrar más por la protección, de todos modos, ya saben que cuentan con nosotros y somos un mal necesario.

Ellos a la extorsión le llaman protección, como si eso les limpiara un poco la conciencia o yo creo que pensaban que nosotros éramos igual de ignorantes que ellos y nos tragábamos eso, en fin. Mi padre se tocó el cabello, un gesto de preocupación, pero siempre calmado. Preguntó.

LEONARDO - ¿Y de cuánto va ser el incremento, Señor?

JEFE HOSTIL - El pago va incrementar quince mil varos.

Mi padre tratando de suavizar las cosas y de conseguir más tiempo, ya que de por si nos las estábamos viendo negras con el precio que teníamos que pagar ya.

LEONARDO - Sí señor, comprendo que tengan que tomar esas medidas, pero también le pido que sea consiente ya que yo tengo trabajadores y que les tengo que pagar, aparte la venta ha bajado muchísimo.

El lo interrumpió, comenzó a gritar y mirarlo con ojos de odio mientras se le acercaba para gritarle a la cara.

JEFE HOSTIL - Pues eso a mí patrón le vale madre, tú ya sabes que tienes un compromiso con nosotros hay tu verás a quien le pagas. Eso es decisión tuya.

El jefe de los sicarios le hizo una seña con la mano a uno de los sicarios, era el de trece años, le señaló a Bianca mi mula que estaba al fondo del campo que estábamos arando, el niño empezó a abrir fuego en contra de la mula, le vació el cargador y las balas levantaron una nube de polvo, en cuanto se disipó la nube, se pudo ver a Bianca retorciéndose del dolor, todos estábamos temblando del miedo mientras los sicarios se reían como Estúpidos. El jefe sicario acercó la cara invadiendo el espacio personal de mi padre y le gritó mirándole a los ojos.

JEFE HOSTIL - Tu dirás, güey, ¿Como le hacemos?

Mi padre por más que trataba de controlarse le contestó con la respiración agitada.

LEONARDO - Está bien, señor, tranquilo, se le va a pagar

JEFE HOSTIL - ¡Pues cuidado con lo que dices, otra pendejada y aquí los dejo para que se los coman los perros!

LEONARDO - Si, señor, no se preocupe, se le va dar el

dinero, nunca se les ha quedado mal, nada más me dice cuanto tiempo tengo para darle el dinero.

JEFE HOSTIL - El pago lo tenías para el veinte de este mes, te damos hasta el primero, pa que veas, pero hay, apá, nada más sales con una pendejada y no sabes lo que le espera a tu hija, le arranco la cabeza a tu hijo y le voy a regalar tu esposa a mis muchachos, y en cuanto terminemos, le voy a dar de comer a mis perros para por lo menos sacar provecho de esto, ¿qué le parece, viejo?

Los sicarios, se rieron celebrándole el chistecito a su amo. Mi padre, con voz quebrada le respondió.

LEONARDO - Si, no se preocupe, señor, yo le voy a tener listo el dinero.

JEFE HOSTIL - Bueno, sin nada que agregar, nos vamos y ya saben que ahí estamos para lo que se les ofrezca. No me obligue a tomar una decisión que no le convenga, yo sé que usted es pagador. Nos vemos y ahí estamos a la orden.

Los sicarios se marcharon cuando el sujeto levanta la mano y mueve un dedo en círculos, no tardaron ni veinte segundos para abordar las camionetas, se retiraron con sus narcocorridos a todo volumen. El sonido de la música que traían las camionetas se desvaneció con el pasar del tiempo, después mi padre regurgitó por todo lo sucedido y varios de los trabajadores también le siguieron, yo solo me sentía frio y con el estómago revuelto, después de su malestar se puso a descansar, recargado en la camioneta mal estacionada del trabajador.

El actuaba como si nada hubiese pasado, yo le seguí la corriente y lo abracé para que se calmara, no le mencioné nada de lo recién acontecido, ahí nada había pasado, Yo arreglé el tractor, ensillé a Tumbie, subí a mí caballo y me dirigí a la falda del cerro para despejarme, mientras caminaba en el lomo del caballo empecé a pensar en todo lo que acababa de pasar, aunque no puedo verme a mí mismo a un espejo, sé que el susto y el coraje se podían ver en mi cara, no podía verlo pero lo sentía en mis labios, en mis cejas que estaban contraídas, mi estomago dolía, después de ir al lomo de mi caballo por un rato, de pronto observo a la distancia a un conejo, bajo del caballo, tomé la carabina 30-30, me acerqué sigilosamente, poco a poco, piso sin querer un pastizal, por suerte el conejo no se asustó, finalmente apunto, respiro profundo, me había olvidado de lo acontecido anteriormente, pero estaba lleno de rabia, todo ese coraje salió en ese momento, lo canalicé en el pobre conejo pensando que era el que recién había ido a gritarle a mi padre y el coraje me hizo disparar, no me detuve en dispararle una bala, que había sido suficiente para inhabilitarlo, la rabia salió de mí, me acerco al conejo y le vacío toda el arma, no quedó nada del pobre conejo. Vomité después de hacer los disparos, en cuanto me recuperé, me doy cuenta de que ya era de noche, mi caminar era débil y tembloroso. Tomé el conejo para ver que podía rescatar de él, no se podía recuperar nada, ese conejo habría significado una buena cena para mi familia, pero en mi arranque de estupidez lo hice nada, no me queda más que guardarlo en la alforja, el sol ya estaba a punto de ocultarse, así que volví al campo en donde estaban los demás. Llegué con temor de que hayan vuelto a ir aquellas ratas y les hayan hecho algo, afortunadamente, no regresaron, los trabajadores ya tenían las cajas de aguacate listas. Ya habían terminado la última línea del campo para sembrar, solo restaba desarmar y acomodar las herramientas en su lugar.

Llegué con mi papá y le dije que, si había podido cazar un conejo, se lo enseño, pero, aunque esté desecho, mi padre es una persona educada, y más bien él se alegró, y me dijo "excelente, la familia puede comer carne por unos tres días". Seguido de eso, me ordena que eche el conejo en la hielera y al caballo en el remolque. Esta vez ya no llevábamos a Bianca, ni siquiera pude enterrarla, pensé en si era correcto mencionarlo, ya que quería enterrarla para que no se pudriera.

Decidí no hacerlo, en fin, tal vez los animales que necesiten alimentarse podían alimentarse de ella, es el ciclo de la vida, además, no quería mencionar nada que nos recordara a esas basuras, así que solo hice lo que me ordenó. Mi padre les dijo a los trabajadores que podían agarrar algo de la cosecha para alimentar a sus familias o para que vendieran en el mercado del pueblo y de ahí sacaran dinero, aunque lo segundo no era nada factible, porque todo el pueblo está igual de jodido que nosotros. Ellos le tomaron la palabra y escogieron las cosas que se podían llevar, pero como todo buen mexicano, no querían ser aprovechados y no escogieron lo mejor, solo se llevaron lo necesario. Recogimos todo, los trabajadores que viven en la parte sur del pueblo se marcharon en la camioneta que el trabajador anteriormente dejó mal estacionada y la otra parte se trepó en la caja de nuestra camioneta, ya que al igual que nosotros, ellos vivían en el mismo rumbo del norte del pueblo. Mientras íbamos mi padre, mi abuelito Salvador y yo en la parte de la cabina, mi padre nos dijo que no dijéramos ninguna palabra de lo sucedido a Miriam mi madre y a Leslie que era mi hermanita de ocho años, lo dijo porque mi abuelo a veces podía ser algo indiscreto, los dos dijimos que, como siempre que no se preocupara. Tiempo después llegamos a la casa, yo bajé a mi caballo del remolque, mientras lo bajo, mi hermanita me recibe brincando con un abrazo y diciéndome que había logrado hacer algo en un videojuego. Le respondí con un abrazo, le digo "Órale, no te creo", ella me interrumpió, y me dijo que era cierto, y que tenía que verlo, yo la monté en Tumbie, el abuelo preocupado me grito que tuviera cuidado, que no se le fuera caer, yo le respondí que no se preocupara, no pasaba nada, mi hermanita me preguntó qué había pasado con Bianca, yo sentí tristeza porque era más de ella que de nadie, ella le puso el nombre, después pensé que contestarle y le dije que se había quedado a cuidar el campo donde trabajábamos, Leslie me dijo: -Pero va a pasar frio, ¿no crees?, Yo disimulé muy bien todo, era mejor mentirle, le dije que no se preocupara, que Bianca no sentía frio porque su pelo era mejor que mil suéteres. Dejamos al caballo en el establo y después nos dirigimos a la casa. Mi padre antes de entrar me dijo que sacara al conejo de la camioneta, fui con mi hermanita y lo sacamos. Mi hermanita agarró un extremo de la hielera y yo el otro, pero como es muy curiosa, abrió la hielera, con cara de lástima y asco preguntó qué era eso, le dije que era un conejo que había cazado, claro, este estaba desecho, pero tal vez algo se podía rescatar de ahí, entramos a la casa y mi mama me dice.

MIRIAM – Hola, mi niño, se ve que les fue bien hoy.

GABRIEL - Así es, mami, gracias a dios.

Saco al conejo y este le da un poco de asco a mi mamá, pero al igual que mi papá, ella es educada y solo me dice.

MIRIAM – Que bien, hasta tuviste tiempo de cazar, y ¿No quieren un poco de conejo antes de dormir?

GABRIEL -No gracias, ma, mejor ya mañana, porque va a tardar mucho en estar y aparte ahí hay frijoles.

LEONARDO - También trajimos unas calabacitas y elote.

GABRIEL – Mañana haces el conejo con calabacitas y elote, ma

MIRIAM - Muy bien no te subas, ya les falta un poquito a los frijoles, nada más que hierban poquito y ya les sirvo.

Durante años lo que comíamos eran frijoles y cuando una cosecha estaba lista era cuando comíamos algo diferente. Mi hermana me toma de la mano y me conduce hacia arriba.

LESLIE - Ven, mira lo que hice.

Subimos para que ella me enseñara lo que hizo en el juego

MIRIAM - No tarden tanto porque ya está la cena.

Después de un rato bajamos y comenzamos a cenar.

Mi mamá me dijo que mi tío había llamado por un problema en el sistema de riego, para que me diera una vuelta al día siguiente, Yo le pregunté a mi papá que si estaba bien que faltara al trabajo al día siguiente. El me contesto que sí, que no me preocupara y ayudara a mi tío.

Yo terminé la cena, me despedí de todos dándoles las buenas noches y me fui a mi cuarto para descansar del día que no solo fue cansado, les aseguro que este día sería el peor día de la vida de muchas personas, pero para nosotros solo era otro lunes. En fin, llegué a explayarme de toda la basura que había sido ese día, me despojé de mis botas de trabajo para liberar a mis pies del cansancio, después abrí la tornamesa para poner un disco Long play de David Bowie llamado, The rise and fall of Ziggy Stardust, que lo había escuchado ya innumerables veces, pero siempre que tenía un día jodido me ayudaba a olvidarme de todo, además, ese día David Bowie se presentaría en el foro sol, junto con Queen y los cuatro Beatles, las bandas se reunirían después de tanto tiempo, lastimosamente no pude ir, mientras se reproducía el disco, comencé a leer un libro de nombre Ricardo III. Una vez terminó el disco, cerré el libro y me eché para dormir, pero no conseguí que llegara a mí ese deseado descanso, en lugar de eso llegaban pensamientos terribles que me hacían pensar en historias de horror que sucedían a mi familia de diferentes formas, traté de tranquilizar y reflexionar sobre el libro, y como ,Gloster, que es el personaje del libro, él no había nacido malo, su entorno y las personas así lo hicieron, desde que ante el humillaron a su padre colocándole una corona de papel y mientras lloraba degollaron a su hijo Rutland, el cual era hermano de Gloster y para que su padre limpiara sus lágrimas le dieron un pañuelo empapado en la sangre de Rutland, el cual aún era niño, todo esto ocurrió frente a Gloster, esto me llevó a pensar, si así como Gloster no era malo, ¿Qué tragedia les pudo ocurrir a los sicarios, para que fueran de esa forma?. No creo que haya justificación, pero todo tiene un por qué. Después de unas horas de sobre pensar e imaginar historias fantásticas en las que yo me alzaba con la victoria ante el mal, poco a poco caí dormido, esto era la mejor parte de mi rutina, no pensar más en la tragedia en la que desafortunadamente me encontraba inmerso.

Capítulo II

Me desperté en la madrugada como de costumbre para ayudar a mi padre a acarrear las cosas que necesitaba. Salí del cuarto y toqué la puerta de mis padres:

GABRIEL - Ya me voy.

Mi madre me contestó desde la cocina

MIRIAM – Ya está aquí en la cocina.

GABRIEL – Bueno, ahí voy.

Bajé las escaleras y me senté en la mesa, mi padre me dijo que ya me tomara el café porque se hacía tarde. Yo me tomé el café de un sorbo y mi papá me dijo.

LEONARDO - Disfruta el café, ni que fuera agua.

En tono sarcástico le contesté.

GABRIEL - O pues, papá, primero me dice que me lo tome rápido porque se hace tarde.

En un tono juguetón me respondió

LEONARDO - Te dije que te lo tomaras, mas no te dije que te lo tomaras rápido, pero ya que tienes tanta energía, ve a alistar todo, el caballo te lo llevas tu para que llegues con tu tío, así que lo encillas desde ahorita.

Mi mamá me abrazó, me dio su bendición y después me dio mi lonche, le di un beso y Salí de la casa. Empecé a preparar todo, puse el lonche en la alforja de Tumbie, después salió mi padre de la casa.

LEONARDO - ¿Ya le pusiste las herramientas?

GABRIEL - No, pero mi tío tiene, solo me llevaré lo que sea indispensable para no llevar tanto peso. Ya me voy, Pa, se cuida y primero dios nos vemos al rato.

LEONARDO - Con cuidado pues y que dios te acompañe.

GABRIEL - Igualmente

Solo metí en la alforja una llave especial que sabía que era difícil que la tuviera mi tío, monté el caballo, empecé a recorrer el camino que se encontraba en las faldas del cerro. Después de cabalgar una media hora, llego a la casa de mis tíos lo primero que se observa es una cabañita de dos pisos y que hay niños jugando.

Los niños son mis primos, Johan y Eloísa, Los dos me ven llegar y me invitan a jugar futbol.

JOHAN- ¿Quieres jugar futbol con nosotros?

GABRIEL - No, gracias. No traje ropa para hacer ejercicio y traigo las matavívoras.

Así les llamaba a mis botas de montar, porque seguro servían para matar víboras.

Bajé del caballo y le hago una seña para que me pasara el balón, me lo aventó y yo empecé a jugar, aunque traía botas pesadas.

GABRIEL- Gracias, pero tengo prisa, chiquillos, ¿Dónde está su papá?

JOHAN - Está atrás en la siembra.

GABRIEL - Dejen voy a verlo, que necesitaba mi ayuda, ya luego me vengo preparado para jugar.

Yo caminé hacia la huerta y ahí encontré a mi tío el cual me saludó.

TIO- ¿Que pasó, hijo? ¿Como estás?

Mientras yo estaba amarrando el caballo a la cerca.

GABRIEL - Muy bien, tío, gracias a dios. ¿Qué pasó, cual es el problema?

TIO- El sistema de riego no funciona.

GABRIEL -A ver, vamos.

Caminamos hacia la parte de atrás del sembradío, mi tío me mostro la parte que no funcionaba.

Yo me acerqué y empecé a observar de manera detallada la tubería, Le di golpes al tubo de cobre para ver que parte es la que tiene tapada. Le di golpes hasta que encontré la parte que esta tapada, me di cuenta por el sonido hueco que aparecía a partir de ese punto y así me di cuenta de donde está el problema.

GABRIEL - Mire, tío, ¿Si escucha?

Le di golpes al tubo para que mi tío escuchara.

TIO- Oh si, ¿Ese es el problema?

GABRIEL - Así es, algo hizo que se tapara. Vamos a tener que cortar el tubo para desatascarlo y también déjeme ver el filtro de la toma de agua a ver en qué condición está. Caminamos hacia la parte del filtro y vi que efectivamente el filtro también estaba muy dañado, yo le indiqué que herramientas iba a necesitar y también la lista de materiales que necesitaba comprar en la ferretería. Mi tío, fue a la casa para sacar la caja de herramientas y también me llevó una grabadora a pilas, puso una radio que no era de mi agrado, pero era mejor que estar en silencio y me dijo: -Mire mijo, aquí le dejo para que no se le haga tan pesado, deje voy a comprar todo. Partió, y yo comencé a desarmar el filtro y después a cortar el tubo. Después de un rato llegó mi tío con las cosas.

GABRIEL-Que bueno que llega, tío, aquí si voy a necesitar su ayuda para cargar este tubo.

Después de un rato de trabajar, mi tío pregunta.

TIO - ¿A ustedes también les llegaron los malos allá?

Yo le contesté y comencé a contar detalle a detalle cómo había estado todo, mi tío preguntó cómo le habíamos estado haciendo para comer, yo le contesté que de la misma cosecha nos alimentábamos, y que los trabajadores habían estado trabajando a cambio de cosecha.

Mi tío, dijo que la verdad no sabía cómo le iba a hacer, y que la cosecha había estado bien jodida, aparte de que los gringos ya no nos compraban mercancía como antes y ya ni siquiera se querían parar en el estado por la inseguridad, me dijo: -Antes teníamos clientes a los que les mandábamos el producto para exportarlo, pero ahora ya ni siquiera se paran aquí, nos espantaron a los clientes y quieren que les paguemos, son chingaderas. Yo le empecé a decir todo lo que sentía, que era miedo e impotencia por lo que podía pasar y que a mi papá cada vez lo veía más jodido y demacrado. Le comenté: "Qué bueno que alcancé a terminar a tiempo la universidad, ya que si estuviera en la escuela todavía seguro ya me habría salido porque a duras penas teníamos para comer, y de la maestría ni hablar"

TIO-Si, hijo, dios quiera que ya termine esto. Estamos indefensos, pero ustedes no dejen de echarle ganas, dios no abandona, algún día iras a hacer la maestría a esa universidad que te llegó.

GABRIEL - Ya no sé qué pensar, tío, no sé porque pasa eso, si en realidad existe dios, que nunca lo he dudado, ¿Porque deja que pasen todas estas cosas?, yo trato de echarle ganas, tantos años de estudio no fueron para terminar trabajando así, ya no pude irme a estudiar la maestría por esto.

TIO - Usted no se me desanime, ya vera que todo va a salir bien, dentro de un tiempo va a estar estudiando y esto no va ser más que un mal recuerdo de un mal tiempo.

GABRIEL - Espero así sea, Tío, cambiemos de tema, porque eso me revuelve el estómago. Ya está el filtro, Nada más ayúdeme a alinearlo, que está un poco pesado.

Colocamos el filtro y para comprobar que ya había quedado todo le pedí que abriera la llave para ver si había ya quedado, mi tío abrió la llave y afortunadamente si lo logré, asunto resuelto. Después mi tía Cinthia nos gritó que ya estaba la comida. Mi tío me dijo que tuviera cuidado con el tema porque mi tía no sabía nada de los extorsionadores. Entramos a la casa, mi tía, me recibió muy bien y me ofreció varias cosas de comer en caso de que no me gustaran los frijoles que había hecho, las opciones eran huevo revuelto o huevo estrellado, pero los frijoles se veían deliciosos, estaban chinos y refritos con manteca, adornados con totopos que estaban encajados alrededor y espolvoreados con queso. Yo le dije que se veían deliciosos los frijoles y que estaba bien eso. Mi tía, se fue a la puerta, gritó a los niños. "Si no vienen, voy a ir con la chancla". Mis primitos, ni tardos ni perezosos vinieron a la casa rápido y una vez todos reunidos en la mesa dimos gracias y nos persignamos y empezamos a comer. Mi tía Cinthia me pregunto.

CINTHIA - ¿Como sigue mi papá y todos?

GABRIEL - Muy bien, tía, las cosas podrían ir mejor pero también podrían ir peor, así que no me quejo.

CINTHIA - ¿Porque dices eso?, ¿O a que te refieres?,¿qué es lo que podría mejorar?

GABRIEL - Lo que pasa es que ha habido cosecha, pero no hay quien la compre, ya ve como están las cosas, los extranjeros ya no hacen pedidos como antes, o al menos en el estado ya no, solo hemos vendido a los comerciantes locales, pero la mayoría de culpa la tienen las televisoras, nos dan muy mala publicidad y muestran solo la parte mala.

Mi prima Eloísa de seis años interrumpió la plática y me dijo

ELOISA- Vinieron unos policías malos a visitar a mi papá.

Mi tío Eladio se puso nervioso, le iba a contestar, pero mi tía Cinthia lo interrumpió.

CINTHIA- ¿Dónde viste a los policías malos, bebé?, O ¿Porque dices que son malos?

ELOISA- Vinieron una vez, hablaron con mi papá, pero eran groseros y le gritaban, por eso son malos.

Mi tío puso su dedo en su ceja, puso su mano en el hombro de mi prima y le dijo.

TIO - No son policías malos, bebé, solo hablaban así porque en su trabajo tienen que comportarse así.

CINTHIA - Por favor no me ocultes esas cosas, si lo haces así solo nos pones en peligro.

ELADIO - Pues disculpa, pero eso solo los alimentaría de miedo, y yo no quiero eso para ellos.

ELO- Pero no te estaban hablando, te regañaba como cuando tú me regañas a mí y te gritaban en la cara.

Mi tía, se puso la mano en la boca que se encontraba un poco triste, aunque trata de contenerse y disimular que todo está bien.

TIO – No, bebé, lo que pasó es que porque son policías ellos así regañan a las personas porque su trabajo así se los pide, si hablaran normal la gente no les haría caso.

JOHAN - Papá, ¿Entonces que debo hacer cuando los que me molestan en la escuela me regañan?

Piensa un poco lo que va a contestar y se observa su mirada triste.

TIO- Depende de la situación, hijo, tienes que ver si lo que estás haciendo es correcto, si lo que te piden es justo

Mi tío, miro a su esposa de una manera triste.

TÍO- Y poner en una balanza lo que pones en riesgo si te defiendes o si es mejor cumplir. Pero la mayoría de las veces es mejor buscar la manera de evitarte problemas y buscar una solución que no te ponga en riesgo, o más importante, que no pongas en riesgo algo que es valioso para ti y solo si no te queda de otra tienes que defenderte

ELO - Primo, ¿Tu si te defendías?

GABRIEL - Al principio es más difícil, porque es el miedo que da el defenderte, pero si lo haces estarás más tranquilo, aunque siempre hay que evitar los problemas hasta cierto límite, pero siempre trataba de evitar a esas personas. Algunos si entendían.

JOHAN - ¿Que hacías con los que no entendían?

GABRIEL - Se que suena mal, pero hay ocasiones en las que no queda de otra que defenderte, si llegan directo a jalarte o golpearte es mejor defenderte de la misma forma, como te traten trata, y trata como te gustaría que te traten. Mi papá siempre me dijo que siempre hay que evitar problemas e ignorar, pero ignorar no resuelve nada. Siempre hay que encontrarles solución a los problemas o ahí estarán siempre.

Mi tía ya se encontraba más tranquila y cambia la conversación.

CINTHIA - Y que pasó, ¿Ya no vas a hacer tu maestría de la beca que te llegó?

GABRIEL – No, tía, la beca solo cubre el cincuenta por ciento, y ahorita no tenemos mucho dinero.

CINTHIA - ¿En dónde está esa universidad?

GABRIEL - Es la Universidad de Miskatonic, Por lo pronto voy a seguir ayudando a mi familia con todo esto.

CINTHIA - ¿Y qué ibas a estudiar ahí?

GABRIEL - Como soy Ingeniero en Materiales pues aún quiero especializarme en Biomateriales.

CINTHIA - Órale, ¿Y eso que es?

GABRIEL - Es para la utilización de los materiales ya sean cerámicos, polímeros, o metales para aplicaciones médicas, como prótesis u órganos artificiales.

TÍO - Pues aquí tu prima quiere ser ingeniera y tu primo quiere ser doctor, van a ser colegas casi.

GABRIEL - ¿Y ya te decidiste que tipo de ingeniería quieres?

ELO - Si, quiero hacer prótesis para las personas que lo necesitan.

GABRIEL - A, muy bien, para hacer eso primero tienes que estudiar la carrera de Ingeniería en Materiales y después especializarte en Biomateriales.

TIO - Bueno, pero primero que terminen la primaria.

Nos reímos.

GABRIEL - Si tío, pero tampoco se olvide que el tiempo se pasa volando, está muy bien que ya sepan que es lo que van a hacer.

TIO - Si hijo, bueno, no es por correrte verdad jaja, pero ya está a punto de obscurecer, aunque si gustas te puedes quedar aquí.

GABRIEL-No, gracias, tío ya voy para que mi familia no tenga pendiente, muchas gracias por la comida, tía, estaba delicioso todo.

CINTHIA- ¡Gracias gracias!

GABRIEL - Adiós chiquillos.

Eloísa corrió hacia a mí y me abrazó.

ELO – Adiós, primito, te cuidas mucho y que diosito te acompañe, Me saludas a Leslie.

GABRIEL – Si, Elo yo te la saludo, tu sigue estudiando y

obedece a tus papás, luego vengo para jugar, sale.

ELO – Si, está bien y te traes a Les para jugar.

GABRIEL – Si, Elote, luego venimos.

Mi primo estaba haciendo una tarea y se iba a levantar para despedirse de mí.

GABRIEL - No, no te levantes, tu sigue en lo tuyo, te portas bien eh.

JOHAN - Luego jugamos pues, con mucho cuidado.

Si, ya quedamos con tu hermanita también.

Me acerqué a la puerta de la casa, me despedí de todos y mi tío salió de la casa para ayudarme a poner la silla. Le pusimos la silla al caballo, monté el caballo y mi tío me dijo:

TIO-Listo, mijo, ya está, cuidas mucho a tu papá y obedécelo mucho, ayúdalo en todo, y cuídalos mucho a mi papá también.

GABRIEL – Si, tío, también usted no se preocupe que como dice usted, dentro de poco solo será un mal recuerdo.

Me marché en el caballo, me dirigí de vuelta a la casa por el mismo camino, pero ya el brillo de la noche se hacía presente, a lo lejos observé las luces del pueblo, se veía hermoso y combinaba con el cielo despejado y lleno de estrellas. Me detuve a observar todo desde un punto alto y disfrutar de la vista. A no mucha distancia de donde me encontraba había una carretera, en la que después pasaron dos camionetas que desde la perspectiva donde me encontraba lucían muy pequeñas, están saliendo del pueblo a una velocidad alta y llevaban música típica de los narcotraficantes a todo volumen, se escuchaba con suficiente volumen como para escucharla a la distancia donde me encontraba, vi cómo se alejaban y después sentí preocupación por eso.

Espolié mi caballo para ir a la casa y traté de olvidarme de eso, saqué mi celular y marqué a mi padre. El teléfono sonó como señal de que estaba llamando, hice la llamada a mi padre, pero solo respondía la máquina contestadora, después de dos intentos llamé a mi madre. Ella si contestó rápido.

GABRIEL- Bueno, ¿Mamá?

MIRIAM - Hola, que pasó, hijo. ¿Ya vienes?

GABRIEL – Si, mami, ya voy. ¿Todos están ahí en la casa?

MIRIAM - No, aun no llegan. ¿Porque, que pasó?

GABRIEL - No, nada mamá, es que vi unas camionetas de los malos que iban saliendo del pueblo, pero ya voy mami.

MIRIAM- Si, ya vente. No te preocupes, ahorita llega tu papá, pero ya vente rápido que ya es tarde.

GABRIEL – Si, Ma, ya voy.

MIRIAM - Si, apúrate y con cuidado.

Colgué el teléfono e intenté marcar de nuevo a mi papá, busqué el número y le llamé, mientras el teléfono sonaba con el timbre de llamada, suena la contestadora del teléfono.

CONTESTADORA - El número que usted marcó se encuentra fuera de servicio o su saldo se ha agotado.

Colgué el teléfono, lo guardé en el pantalón, tiré de las riendas del caballo como si mi vida dependiese de ello, eso lastimó a mi caballo. Cuando iba camino a casa el tiempo pasaba muy lento en mi mente, traté de que mi caballo fuera más rápido, pero después de un rato me di cuenta de que Tumbie ya estaba muy lastimado así que fui más lento. Mientras el caballo se recuperaba caminando a paso lento. Tomé de nuevo el celular y le marqué a mi Papá. Sonó el timbre que indicaba que estaba llamando mientras observaba el camino y todo lo que le faltaba por recorrer, de nuevo sonó la contestadora, colgué y guardé el teléfono. Después de un rato llegué a la casa. Bajé del caballo y me dirigí rápidamente al interior de mi casa y grité fuerte.

GABRIEL - ¡Mamá!

LESLIE- ¿Qué pasa hermanito?

GABRIEL - Nada bebe, ¿No sabes dónde está mi mamá?

LESLIE - Esta lavando en el patio, ¿Que te dijo Elo?

GABRIEL - Al ratito te cuento, bebé, voy con mi mamá.

Fui al patio en búsqueda de mi madre.

MIRIAM - ¿Qué pasó?

GABRIEL - ¿No te ha llamado mi papá?

Mi Madre se secó las manos.

MIRIAM - No, y no contesta, pero no te preocupes que ya sabes que siempre vuelven como a las nueve y todavía falta poco para la hora, no te desgastes que te hace daño.

Se escuchó una camioneta llegar, los dos fuimos a la entrada. Era la camioneta en la que arribó mi papá y el abuelo.

GABRIEL – Papá, ¿Porque no contestó el teléfono?

Mi padre saco el teléfono y me conto que la batería estaba muerta, lo sacó y le presionó los botones para que viera que no encendía.

GABRIEL - Hay Papá, se me hizo eterno el camino, cuando venía vi unas camionetas de los malos saliendo del pueblo a toda velocidad, quien sabe que acababan de hacer y uno se imagina lo peor.

Sonó el teléfono de mi Madre, Se fue hacia otro lugar para escuchar mejor.

34

MIRIAM - Es Cinthia, dejen contesto.

Mi mamá contestó el teléfono y se sentó en la mesa.

MIRIAM - Bueno.

CINTHIA – Hola, hija, ¿Ya está el niño ahí?

MIRIAM - ¿Qué pasó?, si ya llegó, aquí está.

Mientras ella hablaba, todos prestábamos atención a lo que le decía mi mamá.

MIRIAM - Santo dios, pues ya enciérrense y gracias por avisar, igualmente buenas noches.

Cuelga el teléfono.

Yo le pregunté qué había pasado, ella nos dijo que era mi tía que preguntaba si ya había llegado porque los malos recién habían quemado un negocio en el pueblo y mataron al dueño. Mi abuelo preguntó cuál negocio, ella le dijo que la tortillería de Don Yanni, dijo el abuelo.

ABUELO - Dios mío, Entonces lo mataron a él.

MIRIAM- ¿Yo creo que sí?, pero tal vez andaba mal ¿o no?

ABUELO - No, él era mi amigo y no era de ese tipo de persona, lo que pasa es que no se ha de haber dejado de esa gente y ya le hicieron eso y lo dejaron como advertencia.

Mi madre le agarró la mano a mi Abuelo porque el sufría de diabetes y se le podía bajar el azúcar.

MIRIAM - Pero entonces, ¿Porque solo les llegan a unas personas y a otras no?

Mi papá trató de calmar todo y cambia el tema.

LEONARDO - Mejor ya no hay que pensar en eso y vamos a cenar, ¿Como te fue en la casa de tu tío, si le pudiste arreglar eso?

GABRIEL - Si, ya quedo todo bien, ya está funcionando.

Miré a mi padre y le comenté tratándole de decir que aquella plaga había llegado a mi tío también.

GABRIEL - Lo malo que también tiene un problema de plaga.

Todo esto era haciendo alusión a los Sicarios.

MIRIAM - ¿También?, ¿Ustedes también tienen plaga? ¿Y qué tipo de plaga?

Yo utilicé mis conocimientos sobre el tema.

GABRIEL - En el aguacate tenemos Agallados algunos y nos ha echado a perder varias cosechas.

MIRIAM - Huy, con razón no han vendido como antes. ¿Y porque no echan un pesticida o algo?

GABRIEL - Lo que pasa es que esa plaga tarda en acabarse, aproximadamente calculo que va a durar unos años más, aunque si nos ponemos las pilas podemos acabar rápido, pero necesitamos un buen pesticida.

LEONARDO - Si, eso es poco a poco, esa es una de las peores plagas que hay.

Terminé mi cena y dejé el plato en el lavabo.

ABUELO - ¿No quieres más?

GABRIEL - No gracias, Abue, ya me llené, ya me voy, que descansen.

Todos en la mesa me contestaron, buenas noches y al final mi hermana me abrazó.

LESLIE - Buenas Noches, hermanito.

GABRIEL - Buenas noches, bebé.

Subí al cuarto como siempre e hice la misma rutina de siempre, escogí un vinilo y mientras escuchaba música seguí leyendo Ricardo III, terminé de leer en cuanto terminó el vinilo, guardé todo, me persigné y me acosté.

Capítulo III

Pasaron los trece días que teníamos de plazo para pagarle, tratamos de sacar todo adelante, pero pese a todos los esfuerzos no pudimos juntar todo el dinero, finalizó el día. Terminé de cenar y repetí todo lo que hacía siempre en las noches, escuchar música, leer y finalmente acostarme para dormir.

Al rededor de las tres de la mañana me desperté, a lo lejos se escuchaban disparos. Mi padre nos gritó a todos.

LEONARDO -Despierten, despierten. Vamos a la sala, mi hermanita asustada y desconcertada porque se acababa de despertar y estaba atolondrada le preguntó a mi madre que pasaba, mi madre le dice:

MIRIAM- Nada, bebé, no tengas miedo que no pasa nada.

GABRIEL - ¿Dónde se escuchan?

LEONARDO - No lo sé, pero suena terrible.

A lo lejos se escuchaban una combinación de detonaciones muy diferentes las unas a otras, no era como si lanzaran cuetes, solo que era un sonido más seco y apagado, este sonido se alternaba con el sonido de explosiones, primero se veía la luz a lo lejos y después sonaban las explosiones. Se mira después de un rato que algo a lo lejos se empieza a incendiar porque se ve un brillo a la distancia y la luna iluminaba el humo. Yo le dije discretamente a mi padre.

GABRIEL -Papá, mire la dirección de la que viene el fuego.

Mi padre le dice a mi madre con la respiración cortada.

LEONARDO – Miriam, préstame tu celular.

Mi mamá le pasó el celular.

MIRIAM - Me queda poco saldo, a ver si te sirve.

Mi papá le marcó a mi Tía Cinthia.

Mientras el teléfono marcaba ella me dice.

MIRIAM - Llámale tú también a ver si te contesta a ti.

En lo que mi padre llamaba yo marqué el teléfono, Pasado un rato nadie me contestó el teléfono.

Mi hermana se encuentra asustada.

LESLIE - ¿Qué es lo que pasa, mamá?, Hermanito, ¿Qué es lo que pasa?

GABRIEL - No te preocupes, bebé, todo está bien. Si estamos bien todo va bien. ¿Quieres ver la tele?

LESLIE - Si, si por favor.

Llevé a mi hermana a ver la tele.

La encendí, pero se encontraba en un canal de noticias y no está el control así que le pregunté a mi abuelo donde estaba ya que siempre lo perdía o se lo guardaba en las chamarras.

GABRIEL - Abuelo, ¿Dónde está el control de la tele?

ABUELO - Ahí metido entre los cojines del sillón.

Encuentro el control y le pregunto a mi hermana: - ¿Cuál es el canal que te gusta? Mi hermana solo respondió que quería ver caricaturas, después de cambiar la tele por un rato, encontré un canal de caricaturas. Mientras nosotros buscábamos los canales, mi padre se encontraba viendo a la parte de afuera y observa la carretera, de todos modos, el día de pago era hasta el día siguiente, pero observa por cualquier cosa.

El abuelo saca una escopeta y la carabina 30-30.

Encontré el canal, mi hermana se encontraba viéndolo mientras yo la abracé, ella no aguantó despierta y se durmió en mis brazos.

Pasaron las horas, hasta que llega la hora en la que nos alistamos para trabajar.

Mi papá le dijo a mi madre.

LEONARDO - Mejor le aviso a los muchachos que hoy no vamos a trabajar.

MIRIAM - ¿Por qué?

LEONARDO - Le quiero echar una vuelta a la casa de Eladio.

GABRIEL - Yo te acompaño.

ABUELO - Yo también te acompaño

LEONARDO - No, Don Chavo, no se preocupe, mejor qué-
dese aquí a cuidarlas.

Después de hablar por un largo rato mi papá convenció al
abuelo

MIRIAM- Si pasa algo, ¿Qué hacemos?

Se van por la parte de atrás, hacia el cerro.

Mi padre me dijo.

LEONARDO - Prepárate porque vamos a ir a ver a tus tíos,
alístate.

GABRIEL – Si, Papá, ahorita vengo, ¿En qué nos vamos
a ir?

LEONARDO - Quiero evitar la carretera así que nos vamos
a llevar los caballos.

Aparte del caballo que teníamos, había un potrillo que aún
no estaba listo para viajar tanta distancia.

GABRIEL - Bueno, voy a alistarme.

Fui a mi cuarto, no tenía tiempo como para una ducha así
que me cambié rápido y me puse un pantalón de mezclilla, camisa a cuadros y una chamarra de mezclilla.

GABRIEL – Listo, Papá.

LEONARDO - Bueno, ve a ensillar los caballos y yo ahorita
te alcanzo.

Mi mamá me dio la bendición y me dijo,

MIRIAM - Con mucho cuidado, que dios te bendiga.

GABRIEL – Si mami, usted no se preocupe.

Salí de la casa, saqué los caballos y los ensillé, Mi padre
salió después y le ayudé a poner la silla del otro caballo, el me
pregunto que si ya estaba listo.

Yo le dije que sí, que ya estaba listo, montamos y nos dirigimos a la casa de mis tíos,

GABRIEL - Si, ya, ¿No se nos olvida nada?

LEONARDO - No, de todos modos, vamos rápido, o eso
espero

GABRIEL - Vámonos pues.

Durante todo el trayecto no dejaba de pensar en lo que nos

podíamos encontrar, en mis primitos y si estaban bien. Pensaba en que, si nos agarraban los malos en el camino, nos podrían hacer algo malo. La actitud de mi padre me tranquilizó y decidí mejor pensar positivamente para que el camino se hiciera menos pesado. Tiempo después llegamos a donde estaba la cabañita de mis tíos, nos encontrábamos aún a una distancia considerable y el olor a madera carbonizada se empezaba a hacer presente, yo sentí que mis pies pesaban, pero esperaba que ellos se hubieran ido lejos de ahí y ojalá que lo único afectado hubiera sido la casa.

Llegamos a la casa y lo que nos encontramos fue algo triste. Sentía más tristeza que miedo, la casa de mi tío estaba carbonizada y en varias partes estaba en ruinas, no nos permitía el acceso, lo primero que hicimos fue buscar algo que nos permitiera el acceso a la finca. Yo tenía la esperanza de que no hubiera nadie en la casa y que hubieran podido ponerse a salvo. La puerta que estaba hecha de madera, ya no abría y solo bloqueaba la entrada, encima se le cayeron las vigas del techo, Dijo mi padre: -Ayúdame a hacer a un lado la puerta. Logramos hacer un espacio suficientemente grande como para pasar gateando, logramos pasar a la casa, la casa estaba obscura, así que encendimos la linterna de los celulares, a cada paso que dábamos hacía crujir las cenizas que cayeron al piso, la casa que se encontraba en parte a obscuras y se podían ver hoyos de bala en las paredes de adobe que dejaban pasar pequeños rayos de luz al interior. Exploramos la zona y no logramos encontrar nada. Mi padre me dijo - Voy a subir las escaleras. Yo le dije que me esperara, que yo iba con él. Los dos subimos las escaleras de cemento y el barandal de madera que ahora se encontraba carbonizado, aun algunas partes del barandal tenían las brasas vivas, estas se tornaban al rojo vivo cuando una briza de aire pasaba por ellas. Subimos y buscamos en todos los cuartos, los revisamos uno a uno, afortunadamente no encontramos nada en ninguno de esos cuartos, solo nos quedaba el cuarto del fondo. Nosotros ya estábamos alegres porque en la casa no habíamos encontrado nada malo, yo abrí la puerta, a primera vista no encontré nada, busqué en el closet y en todas las partes donde se podía buscar. Todo iba excelente hasta que busqué debajo de la cama, ahí encontré algo que me destrozó y que hasta la fecha aún cargo. Debajo de la cama había un cuerpecito, ahí me puse de rodillas, al principio no sabía de quien era ese cuerpecito que encontré debajo de la cama ya que no tenía cabello, pero recordé que ese era el cuarto de mi primita, Eloísa, ahí comencé a llorar. Yo me sentía frio y me quería desmayar. Mi padre trató de consolarme, pero ya era inútil, mi padre se aguantó las lágrimas y me dijo: - Ya, mi niño, tenemos que seguir buscando, es peligroso quedarnos aquí. Yo llorando le dije que no la podíamos dejar ahí. La niñita se había escondido debajo de la cama para esconderse de las personas que habían ido a cobrarle a su papá, aquellos que ella llamaba "policías malos". Si hay algo que rescatar de toda esa mierda es que los Sicarios dispararon a lo pendejo en contra de la casa, varios de esos impactos estaban en el piso del cuarto de mi prima, uno de esos impactos le dio en su cabecita antes de que la casa se prendiera en llamas, eso le impidió que muriera quemada viva, aun así, yo creo que nadie, ni siquiera los Sicarios merecen morir así, mucho menos una niñita de seis años. Tiempo después me paré del suelo, salí del cuarto, aunque sentía mi cara diferente, mis labios y mis ojos se contraían de una manera que nunca antes había sentido y me sentía frio. Bajé a la sala y aunque me encontraba débil seguí buscando, bajé a donde se encontraba mi papá: ¿Qué pasó?, pregunté a mi papá. Mi padre me dijo que pusiera la linterna y lo ayudara a seguir este rastro. Yo saqué mi celular entre las cenizas de la casa, la luz que llegaba de uno de los hoyos que estaban en la pared, alucé una marca que parecía una mancha de sangre que estaba al lado de una escopeta de caza, seguimos el rastro de sangre seca que se encontraba mezclada con la ceniza y seguimos el rastro. Nos guio hasta la puerta trasera que se encontraba bloqueada por una biga del techo. Logramos salir de la casa por un pequeño hueco, una vez fuera nos dirigimos a la parte de atrás, el rastro condujo hasta el almacén del que una semana y media antes mi tío sacó una caja de herramientas para mí, así que nos dirigimos al almacén. Mi padre me pide que por favor me quede mientras el veía lo que estaba adelante. Él no quería que yo viera lo que sea que estuviera ahí, ya era demasiado tarde, pero le seguí la corriente para que no se sintiera mal. Así que lo esperé mientras él fue a revisar el almacén. Mi padre abrió la puerta pesada del almacén y no sé qué observó adentro, pero por más que trataba de disimular, su expresión y su actitud me dijo todo. Después de un tiempo, a lo lejos empecé a escuchar carros, temí lo peor y antes de que fuera tarde le dije a mi papá.

GABRIEL - Papá, se escuchan carros

El me escuchó, respiró profundo y respondió

LEONARDO -Tu tranquilo, ya voy.

Salimos de la bodega y a la distancia se observaban unas patrullas de la Policía Federal acompañadas de un convoy del Ejército mexicano. Él me dijo.

LEONARDO - No les digas nada y haz lo que yo te diga.

Ahora levanta las manos.

Llegaron los policías municipales, uno de ellos se acercó hacia nosotros apuntando con el rifle y nos dijo - ¿Que hacen aquí?, pónganse de rodillas.

LEONARDO - Esta es casa de mi hermano señor, y pasó esto.

Se acercan otros policías apuntando y con una actitud sumamente agresiva.

POLICIA - Pon las manos en la cabeza, híncate, ¡rápido!, ¿Qué hacen aquí?

LEONARDO - Acabo de ver a mi primita sin vida, Señor.

POLICIA - Y quien te manda a venir aquí.

El policía me gritaba mientras apuntaba, el aspecto de todos estos policías era muy desordenado, el uniforme lo portaban de una forma muy informal, eso me hizo sentir miedo en un principio ya que no sabía si en realidad se trataba de auténticos policías, aparte sus uniformes estaban muy deteriorados. Mi padre les dijo de forma muy educada.

LEONARDO - No lo traten así, señor, no hemos hecho nada malo, a mi hermano y a su familia son a los que les hicieron eso, esta era su casa.

Se acerca un policía de rango más alto, si los otros policías estaban demasiado desaliñados y pasados de peso, este policía parecía todo menos alguien que está apto físicamente para enfrentar a delincuentes. El oficial preguntó en una forma muy prepotente, como es común en personas que no están preparadas y en cuanto se les da autoridad de algún tipo, parece que la tierra no los merece, él nos preguntó.

OFICIAL - ¿Que hacen aquí?

GABRIEL - Vinimos a la casa de mi tío, porque ayer en la noche escuchamos que había algo serio y parecía venir en la dirección de su casa, lo llamamos y no contesto, así que vinimos a ver si estaba bien.

OFICIAL - Pues no tienen nada que hacer aquí, pero vamos a hacer un trato, yo comprendo como estuvo todo este pedo y porque pasó. Así que porque no se marchan y hacen lo que tienen que hacer.

Al policía no le molestaba admitir que sabía por que habían hecho eso y que de hecho sabían de esto antes de que pasara, ahí comprendimos que no tenía sentido pedirles ayuda ni desperdiciar más tiempo.

LEONARDO - Antes una pregunta.

POLICIA - Nada más cuidado con lo que hablas, ¿Qué?

LEONARDO - ¿Porque llegaron hasta ahorita?

OFICIAL - Nosotros no podemos actuar por voluntad propia, primero nos tienen que ordenar para que podamos actuar.

LEONARDO – Es ilógico eso, pues solo van a venir cuando pase ya todo.

OFICIAL - Pues así es, no se puede hacer nada. Cambien

el sistema a ver si arreglan las cosas. Algo que si les voy a decir es que, seguro que su hermano seguro se metió en algún problema, a nadie le hacen esto de a gratis.

A mi padre y a mí se nos hizo muy estúpida la respuesta del comandante. Era indigna de alguien que supuestamente está para proteger.

GABRIEL - Pues mis tíos eran una familia de bien, no robaban ni un chicle, y aunque fuera así ustedes están para servirnos a nosotros. ¿Cuál permiso?, entonces para que están afuera si no pueden hacer nada, más bien están al servicio de ellos.

El policía que había llegado con nosotros desde el principio se acercó a mí, me gritó y me dijo.

POLICIA - Cállate güey o te suelto un putazo.

LEONARDO - ¿Y qué va a pasar aquí señor?

OFICIAL - Los forenses se los van a llevar y después de que llenen las formas correspondientes que les darán en el SEMEFO se los entregarían, pero tienen que pasar veinticuatro horas en lo que se hacen las investigaciones correspondientes.

LEONARDO - ¿Y qué tipo de investigaciones van a hacer?

POLICIA - Eso no le incumbe, ahora pueden irse a preparar todo, y no se preocupe yo sé cómo están las cosas aquí, ahora puede irse y hacer lo que tenga que hacer, aquí vamos a andar para lo que se le ofrezca.

Mi padre contestó con sarcasmo y un tono de coraje contenido.

GABRIEL - Si, gracias señor Y por si se ofrece, ¿Tenemos que hablar a México para que les den permiso o a dónde?,

El jefe de policías nos peló los ojos, pero no dijo nada porque en el fondo sabía que no estaban haciendo las cosas bien.

GABRIEL - Vámonos Papá.

Mientras caminábamos desconcertados hacia los caballos, yo no puedo contener las lágrimas y volteé a ver al cuarto de arriba donde se encontraba mi primita, mientras llegábamos a los caballos en el camino los soldados alrededor de la casa actuaban como si todo fuera normal, algunos incluso ríen mientras platican. Llegamos al caballo, montamos y nos marchamos de la zona.

Seguimos nuestro camino y no dejaba de pensar en eso, en lo que le podía pasar a mi hermanita y a mi madre. Estaba intranquilo por cómo había dejado a mi primita, pero ahora solo debía enfocarme en lo que aún se podía evitar, en cómo íbamos a salir de ese compromiso y tal vez prepararme para lo peor, iba con el pendiente de si mi familia estaba bien y si aquellos imbéciles no habían ido a la casa. Pasó un camino muy largo hasta que llegamos a la casa y afortunadamente estaban bien, mi padre gritó el nombre de mi madre, mi madre no sabía nada de lo que había pasado.

MIRIAM- ¿Qué pasó?

LEONARDO - Préstame el teléfono.

Marcó un número y salió de la casa. Yo traté de acercarme al lugar donde estaba el, pero el me hizo una seña para que me alejara de ahí y no escuchara lo que estaba hablando, me alejé, pero podía leer sus labios y descifrar unas poquísimas palabras. Mi padre empezó a hablar tranquilamente:

LEONARDO - Les hablo por lo del dinero

Hizo una pausa mientras escuchaba lo que decía el extorsionador, después dijo

LEONARDO - Pese a todos los esfuerzos no pude juntar todo, pero sin problema les doy lo que alcancé a juntar

Después comencé a notar su actitud de desesperación mientras escuchaba todo lo que le decían, lo que pude entender es "No, pero señor, le prometo que tratamos de juntarles todo, pero no hubo quien comprara todo al precio que es" mi papá siguió hablando, pero se notó que el extorsionador le colgó el teléfono y mi padre se agarraba el cabello con desesperación, yo me acerqué a él y le pregunté, ¿Que paso, pá? Él me dijo con una voz serena: –"Tú no te preocupes hijo, todo se arregla menos la muerte". Para mí el problema es que ahora si la muerte tenía que ver en esto.

Salió mi madre de la casa y se acercó a donde estábamos

MIRIAM - ¿Qué pasó?

Mi papá no le contestó nada, solo movió la cabeza a los lados, pero no la veía a los ojos, esto era porque a ella no le podía mentir, Dijo mi madre

MIRIAM - Dime la verdad.

Mi padre le dijo susurrándole

LEONARDO -Tenemos que dar un dinero a las tres, pero no completo.

Preguntó ella

MIRIAM - ¿Y cómo están ellos?

Él se quedó en silencio y conteniendo el llanto

LEONARDO - Antes de contestarte por favor quiero que por la niña y por mi papá te contengas. ¿Están desapa-recidos o qué?

Ella preguntó, pero ya se estaba preparando para lo peor, mi padre en voz muy baja le dijo y temeroso le dijo

LEONARDO - La balacera que se escuchó ayer era en su casa, no pudimos hacer nada por ellos, ahora tranquila por favor que no quiero que a tu papá se le baje el azúcar y que la bebé se espante y por favor te voy a pedir que te lleves a la niña lejos de aquí, llama un taxi, vete a la central y toma un autobús lejos de aquí.

Mi madre, no tardó mucho en hacerle caso y aun en Shock y evitando a toda costa llorar, llamó a mi hermanita, mi herma-nita baja y le pregunta que pasó, mi mamá le dijo en forma de pregunta, con la voz quebrada pero firme.

MIRIAM – ¿Te gustaría ir a pasear a la casa de tu abue-lita?

Mi hermanita inocentemente le dijo que si con mucha ale-gría, mi mamá se contuvo de llorar todo ese rato, una vez llegó el taxi, se despidió de mi papá con un beso larguísimo, como los que me contaba mi padre que se daban en los tiempos en que andaban de novios, mi papá la cargó para que le pudiera dar un beso en la boca ya que él era un poco más alto que ella. El con lágrimas en los ojos le dijo a mi madre

LEONARDO - Con cuidado mi chaparrita, que te vaya bien y te amo, nunca, nunca lo olvides.

La atmosfera era triste, aunque el día era hermoso, después mi hermanita dijo

LESLIE - ¿Tu no quieres venir, hermanito?, mamá ¿Porque mi hermano no viene?

Yo comprendía lo que sentía mi papá y con un nudo en la garganta le dije a mi hermanita:

GABRIEL -Yo después las alcanzo, bebé.

Ella me dijo algo que me hizo llorar por dentro, pero mantuve la compostura porque era más importante su tranquilidad:

LESLIE - Está bien, hermanito, te esperamos, pero no tardes.

Me despedí dándole un beso a mi madre y a mi hermana. Yo no sabía que esa era la última vez que las iba a ver, no sé qué fue de ellas, pero aún tengo la esperanza de volver a verlas.

Subieron al taxi y se marcharon. La última vez que vi a mi hermanita, ella se despedía por la ventana de atrás del taxi, moviendo su manita y diciendo adiós, yo me quedé observando el auto en la carretera hasta que desapareció a la distancia y después que se desvaneció en el horizonte yo seguía viendo hacia esa dirección.

Después de que mi hermanita y mi madre se marcharan en aquel taxi, yo me fui a un lugar apartado y ahí me solté a llorar hasta que me quedé sin ganas, una vez terminé de hacerlo volví a la casa, mi Abuelo se encontraba viendo la tele en la sala, llamó a mi Padre gritando y le dijo.

ABUELO- Leonardo, mira.

Mi padre entró a la casa de prisa y le preguntó.

PADRE- ¿Qué pasó?

Mi Abuelo como con la esperanza de que le diga que no, le preguntó a mi padre.

ABUELO- ¿No es la casa de mi niña?

Mi padre haciendo una pausa y pensando bien lo que le iba a decir le dijo.

LEONARDO - Si,

Suspirando y con actitud triste.

LEONARDO – Si es su casa.

Casi llorando mi abuelo preguntó.

ABUELO - ¿Pero porque esta así la casa? Y ¿por qué dicen en las noticias que cayó una peligrosa banda criminal?

Mi papá le contesta tratando de sacar lo mejor de la situación con tal de que mi abuelo no se enferme debido a su diabetes.

LEONARDO - Si, pero no se preocupe, tal vez antes de que pasara eso se salieron de la casa para ponerse a salvo.

Mi abuelo se comienza a agitar y dice.

ABUELO - No es cierto, no me estás diciendo la verdad y por eso mandaste a mi hija lejos de aquí.

Mi Abuelo, se soltó a llorar como un niñito, mi padre se acercó a abrazarlo y consolarlo. Yo veía a mi abuelo llorar y después puse atención a la televisión que decía estupideces tales como.

"Como pueden observar, aquí fue el escenario de un enfrentamiento entre grupos delictivos, el saldo fue de dos sicarios muertos".

Mi padre me llamó para que lo ayudara a cargar a mi abuelo para llevarlo a la camioneta. Lo cargamos y lo subimos hasta la camioneta.

GABRIEL - ¿A dónde vamos, Pa?

LEONARDO - Vamos a la financiera, a ver si nos prestan un dinero.

Después mi Abuelo se puso mal, empezó a ponerse pálido debido a su diabetes, lo llevamos al hospital, después de una larga espera el médico lo atendió y lo estabilizó un poco, mi padre le dijo al doctor que solo había un pequeño problema con lo del dinero pero que no se preocupara y que en cuanto pudiera se lo pagaríamos. Después, el Doctor bien o mal aceptó, fuimos a la única financiera que nos quedaba de tantas a las que habíamos ido a pedir dinero que ni siquiera era para nosotros. Arribamos a la financiera, entramos a la puerta y el guardia nos dijo que teníamos que tomar un turno, lo tomamos y esperamos hasta que nos tocó, era una larga fila, después de alrededor de una hora llegó nuestro turno, la secretaria llamó en voz alta el nombre de mi papá, que ya éramos conocidos en esa financiera debido a todas las veces que habíamos ido, él se acercó a su escritorio que tenía una imagen del presidente ratero que teníamos en turno.

SECRETARIA - Hola buenas tardes señor Leonardo, ¿En qué podemos servirle?

LEONARDO - Vengo para solicitar un nuevo préstamo.

SECRETARIA - Claro que sí señor, ¿A nombre de quién?

LEONARDO - A nombre de Leonardo Cervantes Lara
La secretaria buscó en la computadora su nombre.

SECRETARIA – Huy, lo siento, señor, me temo que no va ser posible, aún tiene varios préstamos en color rojo y de hecho está en el buró.

LEONARDO - Entonces si se puede a nombre de Gabriel Cervantes Gallardo.

SECRETARIA - La cuenta de Gabriel Cervantes se encuentra en la misma situación.

LEONARDO - Entonces de Miriam Gallardo Rodríguez

SECRETARIA - Lo siento, señor, tiene la misma situación Leonardo cada vez más desesperado le dijo.

LEONARDO - Entiendo, y hay algo que pueda hacer, no importa la tasa de interés, pero le agradecería mucho si pudiera hacer algo, no importa la cantidad que pueda conseguir.

SECRETARIA - Lo siento, señor, a mí no me autorizan hacer eso, usted me da el nombre, me da los papeles para validar el trámite y yo solo así puedo proceder, de otra forma me temo que no, respecto a sus atrasos es necesario que haga un convenio o de lo contrario se recurrirá a lo legal, señor.

LEONARDO - Después vengo a hacer ese convenio, a mí me interesa pagarlo más que a nadie, pero por el momento tengo prisa señora, muchísimas gracias.

SECRETARIA - Que le vaya muy bien, pero de favor dele solución lo más pronto posible porque ya es mucho tiempo, señor.

LEONARDO – Entiendo, señora, gracias por su tiempo y todo, que tenga buen día.

SECRETARIA- Para servirle, señor, El siguiente por favor.

Durante años esas financieras nos habían sido de mucha "ayuda", ya que los préstamos tenían una tasa de interés que era más que usura, pero inexplicablemente se encontraban en funciones, hay ocasiones en que la tasa es tan alta que si te prestan por ejemplo unos doce mil pesos, de esos doce mil se quedan con dos mil, los cuales se dejan según ellos como primer pago, ósea que en realidad te prestan diez mil, y al final lo que terminas pagando son veinte mil, si se ponen a analizar eso es una tasa de interés del cien por ciento, eso es mucho más de lo que reconoce la ley como usura, estas financieras se escudaban con los pagarés, que tu al firmarlos aceptas las condiciones ya que ellos no te obligan a aceptar el dinero, pero aun así les pondré un ejemplo del porque esto no está bien: Supongamos que un grupo de personas te hacen firmar un documento en el cual viene una cláusula en la que dice que estás de acuerdo con que te quiten la vida, y tú lo firmas, ¿Eso les da derecho despojarte de tu vida?, no lo creo. Estoy comparando la usura con un delito mayor, pero a fin de cuentas ambos siguen siendo delitos.

No me explicaba cómo se encontraban en funciones ese tipo de financieras, pero, aun así, la usura es un delito menos grave que el asesinato, la extorsión y el narcotráfico, esos delitos aquí quedan no solo impunes, sino solapados por las autoridades, que o están compradas o amenazadas por el hampa, que se espera de un delito menor como la usura, a nosotros nos resultó útil para salir de muchísimos aprietos, de los mismos extorsionadores. Pero, en fin, de nuevo estoy divagando.

Después de salir de la financiera, mi padre miró su reloj, le miro su cara de preocupación y me dijo- Ya vámonos que se acaba el tiempo. El caminaba rápido y yo le seguía el paso, cuando siempre era al revés, una vez fuera de la financiera, subimos a la camioneta y volvimos al consultorio, mi papá se dirigió al Doctor y le entregó dinero de la consulta del abuelo, ahí me di cuenta de que ya había tomado una decisión distinta, yo me tranquilicé y fui con el abuelo que ya estaba más calmado, pero aún se le veía triste y con poca energía. Me acerqué a la cama donde lo tenían con un suero directo a su vena.

ABUELO- ¿No se pudo verdad, hijo?

GABRIEL - Ya, Abue, ya está mejor todo.

Mi abuelo respondió alegre.

ABUELO - Bendito sea dios, hijo.

Mi papá entró a la habitación y mi abuelo se dirigió a mi padre.

ABUELO - Que bueno que ya se pudo.

Mi papá le siguió la corriente.

LEONARDO - Así es, que bueno que ya pasó todo, nada más vinimos a verlo, usted se queda aquí, porque el doctor quiere mantenerlo checado, ya le pagamos al Doctor lo de la consulta y para que también se quede internado, ya nos vamos porque tenemos que organizar a los muchachos para trabajar mañana.

ABUELO - Ándale pues, con mucho cuidado y que dios los acompañe.

Me despedí de beso de mi abuelo, lo abracé y después subimos a la camioneta. Mientras íbamos en la camioneta mi padre me dijo:

LEONARDO - Quiero que vayas lejos de aquí, yo voy a ver qué puedo hacer con ellos.

Yo negándome desde el principio le dije:

GABRIEL - ¿Y qué podrías hacer con ellos?, con ellos no se puede razonar.

Él me dijo que iba a dejar que se cobraran lo que quisieran con él, pero que a cambio nos dejaran en paz a nosotros. Yo obviamente me negué

GABRIEL- No, Papá, te he hecho caso de todo-

No me dejó terminar e interrumpió.

PADRE- Y tienes que hacerlo.

GABRIEL -pero no me pidas que acepte que tú te entregues y que viva sabiendo que falleciste como un animalito, mejor hay que hacer lo posible por defendernos, y ya veremos que se puede hacer.

LEONARDO - No, toma este dinero, ve con tu mamá y tu hermana, llévate la camioneta y cuídalas mucho, es lo más razonable.

Lo que hice fue lo más correcto, o bueno al menos para mí, no me arrepiento, lo único que me pesa es que no volví a ver a mi hermana y a mi madre, pero ellas estaban bien, y yo no iba a poder vivir sabiendo que mi padre murió como ni siquiera un animal merece morir, así que me quedé y le dije no, que yo me iba a quedar con él y que entre los dos iba ser más fácil defendernos, le dije: ¡Yo me quedo! Discutimos un rato en donde estaba la salida del municipio hasta que lo convencí de que ya era muy tarde para que yo me pudiera marchar del pueblo. Fuimos a la casa y nos preparamos para defendernos y no morir de rodillas, como animalitos.

> "Quien con monstruos lucha,
> cuide de convertirse a su vez en monstruo"
> Friedrich Nietzsche

Capítulo V

Volvimos a la casa y comenzamos a preparar todo lo que nos fuera útil para defendernos. Le dije a mi padre que trajera la paja que estaba en el establo para utilizarla como escudo para cuando llovieran las balas en nuestra posición de ataque.

LEONARDO - ¿Dónde vas a estar tú?

Yo le indiqué que yo estaría de lado del jardín ya que lo primero que pensé es en mojar un trapo con gasolina y colocarlo en el tanque de gasolina de la camioneta. El diésel que teníamos para el tractor ponerlo en unas botellas de vidrio para hacer bombas molotov. Le dije:

GABRIEL – En los costados tendremos una posición muy buena para disparar y vamos a estar escondidos, además tendremos una buena visibilidad, ya que si nos ponemos al frente nos van a llover todas las balas, por eso mejor hay que disparar desde los costados, aparte de este lado en cuanto se acerquen.

Le pregunté cuántas armas teníamos. Me dijo que solo teníamos dos armas que eran la carabina 30-30 de mi abuelo y su escopeta de caza. Recordó que teníamos un arma viejísima, me dijo que no sabía si servía, era un revolver de charro del padre de mi abuelo, se veía elegante, aunque oxidado, no era semi automático, tú mismo tenías que hacer hacia atrás el martillo cada que se disparaba, lo probamos para ver si aún servía y así fue.

Sacamos todas las balas útiles que teníamos, le dije que yo usaría ese revólver junto con la escopeta, el usaría la 30-30 que es con la que más práctica tenía, yo haría explotar la camioneta con la nube de perdigones de la escopeta.

Mi padre se dirigió al granero, sacó los cubos de paja, mientras yo me dirigí a la camioneta y con el diésel que teníamos en la camioneta dentro de una garrafa metálica mojé un trapo y lo puse en el tanque de la camioneta para disparar ahí en cuanto llegaran mandarlos derechito al infierno. El Diesel restante lo dejé en el comedor, me dirigí a la cocina, abrí el refri y busqué botellas o algo que fuera de cristal para con eso hacer los cocteles molotov.

Encontré un envase de cerveza, lo vacié en el lavabo y después lo llené con el diésel.

No sabía que utilizar como mecha así que fui a mi cuarto, abrí un cajón, agarré unos calcetines para utilizarlos como mecha para el cóctel molotov, bajé a la sala, mojé los calcetines con diésel, los coloqué en la botella y para asegurarme de que quedaran bien sellados, tomé la botella e hice como que la estaba vaciando y al ver que no se derramaba el diésel eso indicaba que había sellado bien y por lo tanto si serviría como bomba. Una vez hecho ese cóctel, busqué más botellas, pero lo único que encontré es un bote de mayonesa, le quité el contenido con una cuchara, lo limpié de prisa en el lavabo, encendí el piloto de la estufa, puse el cuchillo en la flama y una vez caliente utilicé el cuchillo para hacer un agujero en la tapa de plástico del bote de mayonesa, una vez limpio lo llené de diésel y puse el calcetín con gasolina en el agujero. Una vez terminadas fui hacia donde estaba mi padre y le dije

GABRIEL- Ten esto, tú vas a tener estas bombas, vas a estar en el lado derecho de la casa, lo primero que vamos a hacer es que voy a disparar al tanque de la camioneta y no importa si explote o no, después tú vas a encender y lanzar los cócteles molotov, tu única preocupación va ser tu lado, no pongas atención a donde esté yo. ¿Entendido?

Mi padre me respondió con un tono juguetón y tratando de relajar las cosas, me dijo- Señor sí señor, me queda claro Señor. Yo siguiéndole el juego, le contesté, "Demonios Gump, eres un genio". Seguí diciéndole que los cubos de paja teníamos que colocarlos conforme no fuéramos a acomodar a la hora de tirar, a él le tocaba defender la parte derecha de la casa, era más posible que nos llegaran de la parte izquierda porque el mero nido de ratas, que un pueblo que estaba al lado derecho de la carretera, el cual albergaba a todos esos maleantes, así que a mí me tocaría la parte más canija. Tomamos los cuchillos de la cocina para defendernos en caso de que lograran entrar a la casa y atacarnos cuerpo a cuerpo.

Recordé que en el establo tenía un montón de latas de aluminio para la chatarra, fui por ellas y las coloqué alrededor de la casa de modo que las tiraran al caminar por los puntos ciegos e hicieran ruido y así fungieran como alarma si se van acercando, las acomodé en los puntos ciegos.

Yo no dejaba de pensar, qué más podíamos hacer, ahora solo nos quedaba esperar a que llegaran. Fuimos a nuestra posición.

Apagamos todas las luces y no se veía nada desde afuera.

Pasó el tiempo y solo quedaba esperar a que los delincuentes se hicieran presentes.

De tanto tiempo que pasó yo me quedé dormido en los bloques de paja que fungían como escudo, me despertó un acelerón de carro acompañado por un rechinido de llantas y música típica de esas ratas que se acercaba cada vez más, mi miedo se tornó en pánico, vomité, respiré profundo, me recuperé y le dije a mi papá.

GABRIEL - Alerta, ya vienen.

LEONARDO - ¿Ya escuchaste, Gabriel?

Empecé a respirar rápido y a temblar, sentía escalofríos y las piernas me temblaban. Pero me concentré mejor en lo que teníamos enfrente, el temor a que le pasara algo a mi padre era más grande y era lo que me impulsaba más a defender. Además, ya no había marcha atrás. El hecho de que tuvieran su música a todo volumen nos ayudó, le dije a mi papá.

GABRIEL- Si, si Papá, tu solo sigue la música.

LEONARDO – Esta bien, hijo, tu tranquilo y haz de cuenta que estas cazando.

GABRIEL - Son varias camionetas, no dispare hasta que

se muestren todos.

Los Sicarios llegaron a la casa, bajaron de las camionetas, eran alrededor de unos 20 o 25, llegaron gritando como locos, trataban de amedrentar, los estúpidos pensaban que iban a matar niñitos como la noche anterior, empezaron a caminar por el jardín, otros el frente de la casa y varios trataron de ir para atrás siguiendo de largo por el jardín. Uno de los Sicarios tropezó con una lata de refresco y esa fue la señal para empezar a desatar el infierno, lo bueno que esta vez también les tocó a ellos.

Disparé al tanque de gasolina de la camioneta, afortunadamente esta si prendió el trapo que estaba metido en el tanque y afortunadamente esta explotó, esto termino dándole a la escena el color que hacía falta como una cereza en un pastel para que eso ahora si fuera el infierno. La explosión hizo que las llamas de la camioneta alcanzaran a uno de los narcotraficantes, los vidrios de la camioneta lograron alcanzar a varios Sicarios, algunos quedaron ciegos por los vidrios que se les encajaron en los ojos, a uno de ellos un vidrio le alcanzó la garganta y se empezó a ahogar con su sangre, lloraban con desesperación. Mientras mi padre tomó el encendedor, trataba de encenderlo, pero tenía la mano tan temblorosa que se le hacía imposible lograr encenderlo, después de varios intentos lo logró, el cóctel enciende y lanza la bomba que alcanza a cinco sicarios que se alejan en llamas gritando mientras otros tres se revolcaban en el piso. Mi padre me gritaba algo, pero yo no lo escuchaba ya que el ruido era ensordecedor, yo no fallaba ninguna bala, en cambio ellos si disparaban a lo tonto, desesperados como una rata en una trampa.

Ya en ese punto me encontraba fuera de mí, yo disparaba con rabia pensando en lo que le habían hecho a mi primita y a toda su familia. Ya había recargado las armas varias veces, pero ya quedaban muy pocas balas, recargué la escopeta y el revólver. Me dispuse a bajar para salir a recoger armas y cargadores de las armas de varios de los cadáveres que se encontraban ahí, bajé las escaleras y vi que varios de ellos estaban cubiertos detrás de la pared que se encontraba debajo de mi posición de tiro, fui por uno de sus flancos, los embosqué disparándoles con el revólver, no fui cruel y les di una muerte rápida. Agarré las armas de esos que acababa de matar, junto con otras de otros cadáveres que estaban alrededor, tomé todo lo que pude y subí rápidamente, le pasé a mi padre por el piso una de las armas largas que había recogido, y empezamos a acribillarlos a todos. Ellos se alejaron corriendo y mi padre me preguntó mientras yo recargaba mi arma.

LEONARDO - Gabriel, ¿Estás bien?

GABRIEL - Si, no se preocupe, todo está bajo control, no estoy herido.

Una vez recargada mi arma, corté cartucho y me dispuse a disparar. Yo no era yo en ese momento debido al coraje y la adrenalina. Pero así tenía que ser, porque para combatir monstruos uno tiene que convertirse en uno aún peor si se quiere ganar. Yo les grité

GABRIEL - ¿Ya no son tan gallos verdad?

Aún quedaba el coctel molotov hecho con el bote de mayonesa, le pedí a mi padre que me lo pasara.

GABRIEL - Aviénteme el encendedor, Pá, voy a aventárselos

Me lo pasó, agarré el encendedor y encendí el cóctel.

Lancé el cóctel a la parte trasera de la camioneta donde se estaban ocultando varios mientras nos disparaban. El cóctel explotó y alcanzó a varios, que se comienzan a quemar y otros huyeron de la zona.

A los que huyeron mi Padre les alcanzó a dar con su arma.

Yo vi que a lo lejos en la carretera se veía que se acercaban varias camionetas más.

GABRIEL - "Vienen más". Le dije a mi padre.

Él me dijo que si alcanzaba a ver cuántos eran, yo le dije que eran entre tres y cinco camionetas y que si pasaba algo que nos rebasara teníamos que huir. Eso también lo habíamos planeado y dejamos los dos caballos en la parte de atrás, y si no estaban aún podíamos salir de la zona a pie. Una vez llegaron mi papá me dijo en voz baja.

LEONARDO - Recarga tu arma, hijo, recarga el arma y espera.

Esta vez los Sicarios no se pararon cerca de la casa, los cobardes empezaron a disparar desde una larga distancia, armas largas se disparaban a lo lejos, pero también a lo lejos se empezaban a escuchar disparos más pesados, eran rifles de francotirador, uno me rozó la cabeza y dos tiros por poco le aciertan a mi padre.

GABRIEL - No levante la cabeza, vámonos de aquí, salgamos por la parte de atrás, tenga su arma lista. Nos arrastramos por el suelo y bajamos de la casa hasta llegar a la parte de atrás.

LEONARDO - Espera hijo, yo voy primero.

Salimos de la casa con nuestras armas apuntando hacia la obscuridad, agarramos los caballos que afortunadamente aún seguían ahí, me subí al caballo, sin silla y nos marchamos a la falda del cerro que estaba atrás de mi casa, todo el tiempo estábamos mirando hacia todas las direcciones, un caballo relinchó, ese sonido alertó a los maleantes que empezaron a dispararnos, pero no con precisión, respondimos al fuego, los sicarios se ocultaron cuando empezamos a disparar, me pude descontar a uno, eso nos dio tiempo para ir más adentro del bosque del cerro, todo empezó a tornarse silencioso hasta que nos llegó una ráfaga. Una bala que formaba parte de esa ráfaga alcanzo el costado izquierdo de mi Padre que cayó del caballo, yo preocupado le pregunté donde le habían dado, él no podía responder, pero afortunadamente el disparo no le impedía seguir adelante, aunque ya no fuimos a caballo si no a pie, el disparo pudo ser peor.

El me respondió como siempre, tratando de disimular que todo no era tan malo como se veía.

LEONARDO - No te preocupes, hijo, es solo un rozón.

Yo le trataba de buscar la herida para hacer presión y que no perdiera tanta sangre. La encontré, no era grave, él podía hacer presión, mientras lo cargaba a él con el hombro derecho, yo jalaba los caballos con la mano izquierda.

Mi padre aún me decía como si nada pasará, yo creo que debido a mi semblante.

LEONARDO - No te preocupes, no pasa nada.

Yo preocupado le dije que tenía que hacer presión, aunque él ya estaba ejerciendo presión, atrás de nosotros a la distancia se hizo visible una luz que provenía de una lámpara, aún nos iban siguiendo a una distancia considerable. Yo le indiqué a mi padre

GABRIEL - Vamos a agacharnos y vamos hacia la derecha.

Nos movimos agazapados evitando a toda costa la luz, yo me encontraba nervioso porque no sabía cuántas balas me quedaban en el revólver ni en el arma larga. Tomé la decisión de ir hacia la derecha hasta donde calculaba que pasaran de largo de nosotros y así seguir caminando. Nos movimos así, nos escondimos en unos arbustos, amarré a los caballos en un árbol que estaba lejos de nosotros, esperamos a que los sujetos pasaran de largo, pero después me percaté de que estos se encontraban aluzando todo en forma de medios círculos para barrer la zona. Cuando pasaron cerca de donde nos encontrábamos los caballos no hicieron ningún ruido, aluzaron la zona en la que se encontraban los caballos, desafortunadamente si los vieron, empezaron a dispararles, mataron al caballo de mi padre, el mío no sé cómo le hizo, pero se zafó del nudo que había hecho y huyo de la zona. Yo tuve que actuar rápido porque venían a nuestra dirección, conté las balas que me quedaban y me moví en cuclillas hasta acercarme lo suficiente para dispararles, pensé bien en como atacarlos, ellos se encontraban bien dispersos, yo estaba muerto de miedo, mi pecho parecía que se iba a salir con cada latido, el pánico era mucho, tengo que actuar rápido así que finalmente me abalanzo contra ellos.

Irving Rodríguez

Empiezo a abrir fuego en contra de los sicarios, derribé a varios, los Sicarios se ocultaron y otros tiraban balas por todos lados pero ninguna en mi dirección, me movía de posición cada vez que iba a hacer cada ataque, después de hacer el ataque me sentía frío pero no sentía el miedo, después de un rato ya no se escuchó ninguno, estaban escondidos, me dirigí a inspeccionar la zona, yo aventé una rama de un árbol, al lanzarla esta hizo un ruido, el sicario restante, disparó todo un cargador en la parte donde había aventado la rama, yo disparé dos balas en la dirección de donde salía la luz del cañón de su arma, ahora solo me quedaba una bala, solo acerté una, pero con eso bastaba, me acerco sigilosamente porque no sabía si había alguien más escondido en la zona, encuentro a un hombre, a pesar de que era una noche fría el sujeto tenía una camiseta de tirantes en color blanco, tenía unos tirantes tácticos de militar que era donde tenía los cargadores de las armas y en su cuerpo se veían varios tatuajes, él se encontraba temblando de miedo y con una voz quebrada me dijo – No, por favor, no. Yo sentí lástima por él, comencé a preguntarle porqué habían ido por nosotros y quien lo había mandado, yo bajé el arma ahí el Sicario aprovechó para agarrar un arma que estaba continua a él y me disparó una bala que me paso rozando el estómago, yo reaccioné rápido y le disparo la bala que me queda, en el cuello, el comienza a toser y la sangre le brota del cuello a chorros mientras se retuerce en el suelo, esa era la última bala que me quedaba, a ese fue al único que le tocó sufrir, yo me sentía mal por todo lo que me había tocado hacer, no sabía cómo podía acortar su sufrimiento, no me quedaban balas, y supongo que es peor matarlo con mi pie o mis propias manos, sentía algo distinto al matar a esta, pues todos los que había matado habían sido a una distancia considerable, con ruido que no permitían escuchar sus gritos y con la adrenalina a tope, esta fue la primera vez que maté a alguien mirándolo a los ojos y escuchando su voz, la sangre de ese asesino quedo en mis botas, mi pantalón y mi rostro también quedo salpicado,

62

recordé a mi padre, me recupere rápido, o al menos eso creo.

Regresé con mi padre. Le pregunté cómo se sentía, pero él no me podía responder porque ya la herida había empeorado, estaba tosiendo y le comienza a salir sangre de la boca, lo tomo y lo coloco en la espalda, yo ya estaba exhausto pero la preocupación por el era mayor, caminamos en dirección a donde se encontraba un ranchito cercano. Mi padre trató de hacerme plática para tratar de suavizar las cosas, pero esta vez me ponía más tenso. Me dijo con la voz cada vez más débil y ronca y tratando de aparentar que estaba bien.

LEONARDO - Déjame aquí por favor, no te preocupes, márchate tú.

GABRIEL- Ya no hable, Pa, tiene que guardar fuerzas, guarde su aliento y haga presión, ya casi llegamos, espero encontrar al caballo y va ser más fácil.

LEONARDO - No te preocupes mi niño, todo va a estar bien.

Yo me encontraba agitado y desesperado, pero al mismo tiempo trataba de mantener la calma.

GABRIEL-No, Pa, debemos movernos ahora, vamos cerca de la carretera y vamos a ver si encontramos a algún auto que nos lleve a un hospital.

LEONARDO -No, creo que ya es tarde, lo importante ahorita eres tú, hijo, para mí ya es muy tarde, la prioridad eres tú, al menos pude llevarme conmigo a varios de ellos.

GABRIEL – No, Papá, por lo menos lo podemos intentar, esto no está ganado si no está bien usted, ahora guarde el aliento por favor.

Silbé en dirección a donde se fue mi caballo, así duré un rato hasta que silbé más fuerte, el caballo se escuchó relinchar a lo lejos, yo me acerqué a la zona a donde se escuchó, pero iba a ciegas a causa de la oscuridad, silbé más fuerte y el destello de la luna alcanzó a iluminar el pelaje blanco de mi caballo. Jalé al caballo, lo llevé a donde se encontraba mi papá, cargué a mi papá y lo subí al lomo de Tumbie.

GABRIEL- Con cuidado póngase de pie, no deje de hacer presión, suba.

LEONARDO - Entiende mi niño, la prioridad eres tú.

GABRIEL- Entre más rápido nos vayamos mejor, entienda, Pa, ayúdeme haciéndome caso.

Mi padre hizo el esfuerzo y se subió al caballo, pero ya se encontraba muy débil y su rostro se tornó pálido. Yo le pregunté.

GABRIEL - Papá, ¿me escucha?

Mi Padre ya se encontraba muy débil y en ese punto ya no podía escuchar ni responder a lo que le decía, ya se notaba muy pálido.

Jalé el caballo y lo llevé en la dirección del ranchito. Fui por el camino, mientras mi padre me habla, pero no entiendo nada de lo que me dice, me desespero y acelero el paso. Veo que mi padre cada vez está más grave.

Cuando casi llegábamos al ranchito yo le dije con desesperación.

GABRIEL - Papi, no se duerma, manténgase despierto, ya casi llegamos.

Apreté aún más el paso, estaba un poco lejos el pueblo, pero no tanto, aun así, el camino se me hizo eterno. Después de un tiempo pude ver a la distancia un par de casas, en las cuales podrían tener un teléfono para pedir una ambulancia. Apresuré el paso, llegamos. Toqué la puerta de cada una de las casas para ver si nos dejaban pedir una ambulancia. Comencé a tocar la puerta, no me abrían así que toqué la puerta con más y más desesperación hasta que llegué al punto de que en todo el rancho me escucharon.

Con voz temerosa una mujer del ranchito me dijo.

LUGAREÑA- ¿Quién es?, ¿Que se les ofrece?

Traté de tranquilizarme para no asustarla y le dije.

GABRIEL- Solo necesito un teléfono para llamarle a una ambulancia.

LUGAREÑA- Entiendo, señor, y lo haría con todo gusto,

pero no quiero tener problemas, lo siento mucho y que dios lo socorra.

Yo le supliqué desesperadamente

GABRIEL - Por favor, señora, mi Papá está muy grave y necesita atención.

LUGAREÑA – Discúlpeme, muchacho, pero pondría en riesgo a mi familia, tal vez en las otras casas les ayuden.

Le hice caso porque no debía perder más tiempo

GABRIEL - Está bien, señora, gracias.

LUGAREÑA - Si, lo siento mucho, muchacho.

Me acerqué a otra de las casas, toqué la puerta, volteé a ver a mi Padre que tenía el estómago ensangrentado y su sangre era tanta que llegaba al punto de colorear de rojo el pelaje blanco del caballo, se me salieron las lágrimas y ahí no pude más. Con coraje toqué la puerta y grité llorando.

GABRIEL- Ayuda, por favor, mi Papá está muriendo, solo les pido que me dejen hacer una llamada, o alguien que me ayude a llevarlo al hospital más cercano-

Ahí me caí al suelo lloré y lloré.

GABRIEL- ¡Por favooooor!

Una mujer se apiadó de mí, se asomó a la ventana y me hizo una seña para que me acercara.

Me dirigí a donde estaba la mujer y ella me dijo muy quedito.

MUJER- Muchacho, ya viene la ambulancia, nada más que vas a tener que ir adelante en la carretera, porque si ven que llegó aquí la ambulancia nos van a venir a joder a nosotros también.

GABRIEL - Si, señora, muchas gracias, y ¿A qué parte de la carretera es a donde van a llegar?

MUJER- Adelante camino arriba de la carretera hay una curva, ahí es a donde va a llegar.

GABRIEL- Muchas gracias, señora, dios la bendiga, ya vamos para allá.

MUJER- Si, muchacho, que se mejoren y lo siento mucho.

Llevé a mi papá a la curva donde iba a llegar la ambulancia.

Esperamos en la curva mientras llegaba la ambulancia. Miré a mi Papá se estaba quedando cada vez más débil, al punto en que ya estaba cabeceando y su rostro casi era blanco. Me desesperé hasta que a lo lejos en la carretera vi unas luces que se acercaban poco a poco, esperé mucho tiempo, pero terminó siendo una camioneta que pasó sin más, pasó el tiempo y mi padre se desmayó. Escuché a lo lejos que venía un carro, vi a lo lejos las dos luces que se acercaban lentísimo mientras yo cargaba a mi padre, lentamente llegaron, pero no es lo que esperaba, era otro auto de civiles, me senté en el pasto que estaba al lado del camino mientras cargaba a mi padre en mis brazos, mientras le hacía presión en la herida, trato de mantener la calma, a lo lejos se escucha ahora si una sirena, me levanté y cargué a mi padre. Finalmente llegó, yo me alegré, pero aún seguía preocupado, solo tenía la esperanza de que pudieran hacer algo por mi padre, la situación era fea, pero como siempre, también pudo ser peor. Llegó la ambulancia y abrió las puertas de la unidad. El paramédico preguntó

PARAMEDICO- ¿Hace cuánto tiempo perdió la consciencia?

GABRIEL- No sé señor, me pareció mucho tiempo, aproximadamente unos quince minutos.

PARAMEDICO- A perdido mucha sangre-

El Paramédico se dirigió a uno de los enfermeros que lo acompañaban.

PARAMEDICO-Pónganle suero a este y pónganle muchas ganas, aún está a tiempo, y avisa en el hospital que vayan preparando las instalaciones para alguien en estado crítico.

GABRIEL- ¿Estado crítico, Señor?

PARAMEDICO- Tu descuida hijo, mientras tenga pulso hay esperanza, súbete a la unidad y te voy a pedir que no interfieras, solo siéntate mientras trabajamos, ¿tienes alguna herida tu?

GABRIEL- No, Señor, yo estoy bien, pero por favor ayuden a mi Papá.

Yo bajé de la unidad para amarrar al caballo a un árbol cercano, el Paramédico me pregunto.

PARAMÉDICO- ¿A dónde vas?

GABRIEL- Tengo que ir a amarrar al caballo.

Regresé a la ambulancia.

El paramédico le dijo al chofer que era el encargado del radio.

PARAMEDICO- Comunica a central que ya está en un estado muy avanzado y aquí en la Ambulancia no tenemos el equipo para su situación.

Yo cada vez más desesperado le pregunté que si se podía hacer algo.

PARAMÉDICO - Si, tú no te preocupes, ahora por favor siéntate ahí mientras hacemos el trabajo.

Yo me senté

PARAMEDICO -Arranca. Arranca.

La Ambulancia se movió bruscamente, todo el equipo médico se movió, incluyendo la camilla en la que se encontraba y yo veía que los médicos estaban atendiendo a mi Padre que se encontraba más Pálido de lo que se encontraba tiempo atrás, el Paramédico me decía que no lo viera, así que me voltee y a partir de ese momento ya no estaba consiente. Llegamos al hospital y bajaron a mi padre, lo meten al hospital y lo mandan a la sala de urgencias. El paramédico me indica que espere aquí, yo en piloto automático le obedecí y me senté en la sala del hospital, unos enfermeros lo jalan a la sala de emergencia, el equipo Médico se lleva a mi padre al quirófano de Urgencias, yo me quedo esperando las horas más largas que han pasado en mi vida.

Capítulo VI

Pasa el tiempo, me dormí en la sala del hospital, despierto esperando que todo eso hubiera sido una pesadilla, pero la sala del hospital que veo al despertar me baja de un golpe a la realidad. Esperando la respuesta de los médicos, después de un rato el médico salió a verme, yo me acerco tímidamente esperando lo peor.

DOCTOR- Los familiares de Leonardo Cervantes.

Yo no contesté por el temor a las malas noticias que pudiera traer, me acerqué con mucho miedo.

DOCTOR- ¿Se encuentran los familiares de Leonardo Cervantes?

Con la voz temblorosa yo pregunté.

GABRIEL-Si, Doctor, yo soy.

DOCTOR- De acuerdo, te vez muy preocupado, descuida, Leonardo ya se encuentra fuera de peligro pudimos ayudarlo, es tu padre, ¿Verdad?, pues se encuentra fuera de peligro y durmiendo en este momento. pudimos salvarlo, sin embargo, no ha despertado, aunque está mostrando excelentes señales de recuperación.

Suspiré y se me salieron las lágrimas de la alegría.

GABRIEL- Ohh, muchísimas gracias.

Me caí al piso y dije "Gracias dios".

El doctor también se alegró por mi respuesta

DOCTOR- Sin embargo, te veo muy cansado y seguro que no has comido nada, con mucho gusto puedo llevarte al lugar donde tienen la comida o si gustas puedo ordenar que te traigan la comida hasta aquí.

GABRIEL- Me gustaría ir al comedor, pero antes no se si me permitan ver a mi Padre.

DOCTOR- Las horas de visita son en dos horas, pero me

parece bien que lo veas para que te quites esa preocupación, sígueme, es por aquí.

Caminamos hasta la habitación del hospital que se encontraba al lado izquierdo del hospital.

Llegamos a la habitación y una enfermera le dijo al Doctor

ENFERMERA- Señor, ya despertó el señor Cervantes.

DOCTOR- Menos mal, te acompaño con él.

GABRIEL- Gracias, Doctor.

Entramos a la habitación de mi padre y el doctor se quedó en la entrada de la habitación, entré y me senté en una silla que estaba al lado de la cama, no dije nada, pero sonreí y me puse feliz porque mi padre estaba bien. Se encuentra mal pero también todo pudo haber sido peor.

Vi a mi padre descansar y le puse la mano en el hombro.

Mi padre despertó muy débilmente y con voz muy suave me dijo.

LEONARDO - Hola, mi niño.

A mí se me salieron las lágrimas por la felicidad.

GABRIEL- Que pasó, papi, ¿Como se siente?

Mi padre siempre con un tono juguetón para que yo no me preocupara me dijo.

LEONARDO – Bien, hijo, ya tenía mucho tiempo que no dormía así.

Yo lo abracé con mucho cuidado y le dije.

GABRIEL - Que bien, Pá, que bien.

Después de abrazarlo un rato y platicar le dije.

GABRIEL- Voy a comer, Papi, el Doctor me está esperando para llevarme a comer.

LEONARDO – Está bien, provecho.

Me puse de pie y fui al pasillo a encontrarme con el Doctor para que me llevara a comer.

Fuimos al comedor.

DOCTOR- Y bien, ¿Que se te antoja?, tu pide y ellos te sirven.

Yo le asentí con la cabeza y le dije.

GABRIEL- Si, gracias.

Fui al bufet donde servían la comida y pedí lo que iba a comer

DOCTOR- Muy bien, ahí está todo bien, te dejo por un momento porque aún tengo que encargarme de otros pacientes, pero por cualquier cosa voy a estar en el pasillo donde está tu Papá y tu Abuelo.

GABRIEL- Entendido, Doctor y muchas gracias por todo.

El doctor me tocó el hombro y se marchó del comedor del Hospital hacia el pasillo donde estaba mi papá.

Yo comencé a comer tranquilamente, la comida del hospital por lo general tiene fama de no ser muy buena, pero en ese momento me pareció la mejor comida del mundo, hasta que tiempo después se escucha que freno una camioneta, yo no le quise prestar atención a ese sonido y me tranquilicé. Tiempo después se escucharon unos disparos y la gente empezó a huir del hospital, tanto personal médico como civiles y otros tratan de entrar al pasillo donde se oyeron los disparos para poder hacer algo. Yo estaba desconcertado, me dirigí al pasillo del hospital con miedo, vi que había enfermeros y civiles muertos o heridos, entré de forma muy lenta, vi que en la habitación del hospital estaba mi papá con unos disparos en el pecho, la máquina que marcaba su pulso hace un ruido continuo, me quedé en la habitación del hospital, en shock.

Después vi que toda la habitación tenía múltiples disparos que empapaban la cama de sangre al punto de que estaba goteando, yo no reaccionaba, toqué el cuerpo de mi papá, le di unas pequeñas palmadas y me senté en la silla que estaba del lado izquierdo de la camilla.

Pasó el tiempo, me levanté de la silla y salí de la habitación con la mirada perdida, salí del hospital, los policías se encontraban acordonando la zona, muchas personas estaban al rededor del hospital, salí en medio de todo ese alboroto y caminé hasta que llegué a la parada de autobuses de la ciudad de Pátzcuaro.

Me senté en una silla de la parada de autobuses, me esculqué en la bolsa a ver si aun traía monedas o algo que pueda usar para el autobús, encuentro unas monedas y espero sentado mirando al vacío. Esperando sentado y mirando al vació, actuando automáticamente todo ese tiempo. Me acerqué a el autobús que sabía que me podía llevar a mi destino y como tenía mi manga ensangrentada pero muy poco, llamaba la atención de algunas personas, pero ninguna me prestaba suficiente atención o tal vez pensaban que era la moda y seguían su camino.

Llegó el autobús, me levanté y fui hacia él.

GABRIEL -Buenas tardes, señor

CHÓFER- Buenas tardes.

Yo con mucha pena le dije.

GABRIEL-Lo que pasa es que me falta un peso para acabalar para mi pasaje.

CHÓFER- ¿Y a dónde vas?

GABRIEL- Voy un poco antes de llegar a Ihuatzio.

CHÓFER- Si, no hay problema, súbele.

Subí al autobús, durante todo el viaje estaba en shock, actuando como si nada hubiera pasado y todo en automático, mi rostro se encontraba frio y mi reflejo en la ventana del autobús se veía pálido. Poco después observé que ya casi llegaba a la curva en donde estaba mi caballo amarrado. Yo le dije al chofer.

GABRIEL- Aquí bajo, señor.

Detuvo el autobús, baje, el autobús se fue, camino hacia el lugar donde mi caballo, fui a donde nos recogió la ambulancia la noche anterior y esperaba que ahí estuviera aún el caballo. Caminé y visualicé las casas donde nos brindaron ayuda pidiéndonos una ambulancia, caminé y fui hacia donde esperaba que aún estuviera mi caballo, caminé un poco más y efectivamente mi caballo se encontraba ahí pero muy débil, no ha tomado agua y solo había pastado un poco durante toda la noche y todo ese día. Me apresuré a desatarlo, no lo monté porque se encontraba muy débil como para soportar mi peso, lo jalé y lo

72

llevé a una parte donde sabía que había un arroyo llamado ojo de agua y quedaba cerca de donde me encontraba. Regresé por donde me bajo el autobús, pasé cerca del ranchito de la noche anterior, salí al cerro para ir al ojo de agua y caminé alrededor de una hora hasta que llegué.

Mi pobre caballo que ahora se parecía más a rocinante que a bucéfalo bebió agua desesperadamente y después empezó a pastar, yo me senté en una roca que se encontraba a la orilla del arroyo. El agua me calmaba y me ponía triste pero ya no podía llorar de lo agotado que estaba. En ese punto poco a poco me volvía la conciencia porque me empezaba a sentir cada vez más vacío por dentro y triste. Tumbie terminó de pastar y ya se acercaba la noche porque el cielo naranja ya iluminaba el arroyo. Monté mi caballo que no tenía silla y fui hacia el lugar que algún día llamé hogar, fui al establo donde guardábamos los caballos, herrajes y las sillas, agarré la silla que el caballo de mi papá tenía y le coloqué los herrajes a mi caballo, agarré el gabán de mi abuelo y lo coloqué en la parte de atrás de la silla. Dejé al caballo amarrado a la cerca que rodeaba lo que era mi casa.

Entré en la puerta que se encontraba caída porque después de que me fui con mi papá, los sicarios prendieron fuego nuestra casa, fui a la sala que se encontraba quemada pero aun así me senté en lo que quedaba del sillón. Oh amigos, lo que pasó después fue insoportable, ahí se me pasó el shock y empecé a respirar repentinamente, todo en mi cabeza daba vueltas y me sentía frio. Lloraba y gritaba de la desesperación, del miedo, la rabia y el dolor. Ahora me encontraba solo en el mundo, no tenía a nadie, hacia un día que estábamos tratando de conseguir el dinero y hacía dos que aún estaba trabajando con mi padre, todo era mejor y ahora todo era peor pasara lo que pasara. Después de llorar por tanto tiempo se me acabaron las fuerzas de tanto llorar y no sé si después me quedé dormido o me desmayé.

Capitulo VII

Después de un tiempo desperté de un salto, desconcertado y empiezo a ver alrededor. Yo esperaba que lo que había pasado fuera una pesadilla, pero al ver al rededor esas esperanzas se desvanecieron y obviamente era peor que cualquier pesadilla.

Me levanté para echar un vistazo por última vez a mi casita. Me acerco a el mueble donde estaba la televisión que estaba derretida ahora y del mueble de al lado tomé una foto donde estaba toda mi familia, la observé, sonreí, se me sale una lágrima del ojo, pero ya no puedo llorar más. Saco la foto del marco donde estaba colocada y la coloco en la bolsa interna de mi chaqueta.

Después subí a lo que era mi cuarto, mi habitación si se alcanzó a quemar, pero no se encontraba tan quemado, mi armario alcanzó a salvarse, mucha ropa se quemó, pero una que otra no estaba tan quemada. Me quito la chaqueta de mezclilla que ya se encontraba bastante desgastada, la cuelgo en la silla quemada que estaba en mi escritorio, me acerco al armario y agarro una camisa vaquera color vino, unos jeans de mezclilla y una chamarra de mezclilla café, me quité la camisa y el pantalón. Me puse el pantalón y después la camisa de color vino, tomé la mochila que utilizaba y mis días de universitario, vacié los libros y libretas que tenía ahí y solo dejé una libreta. Le eché un último vistazo a mi cuartito y después me coloqué la chamarra café, me cuelgo la mochila y bajo las escaleras. Veo si en el refri aún quedaba algo de comida, lo único que logré rescatar que no se echó a perder o se quemó es atún, cereal y fruta deshidratada. Tomé unos cuchillos y cubiertos de la cocina. Los puse en la mochila, fui al almacén del jardín donde guardábamos varias cosas, tomo la casa de campaña y el sleeping bag que teníamos para cuando salíamos de cacería.

Irving Rodríguez

Me dirijo a la puerta, veo por última vez el interior de la casa y me marcho para no volver jamás.

Salgo de lo que era mi hogar y voy a la parte por donde nos marchamos la noche anterior para huir, la casa se encontraba acordonada con cintas amarillas, pero los policías solo acordonaron la casa y no fueron para nada a la parte del cerro donde me desconté a los otros que nos seguían.

Veo que aún estaban los cadáveres de los sicarios de la noche anterior, veo que aún estaban las armas junto con los cuerpos. Agarré una escopeta de combate que se veía muy potente pero después la solté porque no había mucha munición para esa arma. Me convenia más agarrar el AK-47 o como vulgarmente se le conocía, Cuerno de Chivo, y me combino porque muchos de los sicarios que me desconté tenían armas de ese tipo lo que quería decir que había mucha munición y cargadores para esa arma, y agarré también un arma corta que era una escuadra 9 milímetros. Eché todos los cargadores y las cosas que pudieran servir a mi mochila, el arma larga me la colgué al hombro de la correa que tenía. Después de marcharme de esa zona me marché a una zona del cerro a donde iba a cazar con mi padre, fui ahí porque había bajas probabilidades de encontrarme esas ratas y además podía cazar animales para alimentarme, era el mejor lugar al que podía ir. Caminé y caminé hasta que llegué, fui a una zona elevada donde pudiera dormir, bajé del caballo, le quité la silla y lo amarré a un árbol. Coloqué la silla en el suelo para que sirviera como almohada y me acosté en el pasto, no me desvestí porque hacía mucho frio, el gabán de mi abuelito me lo coloco como cobija, me acuesto, pero no logro dormir y solo miraba hacia el cielo pensando en todo lo que perdí. Después de unas horas logré quedar dormido.

Capitulo VIII

Despierto, tardo un rato acostado y me levanté del suelo, tomo mi mochila, tenía mucha hambre, así que tome la lata de atún, trato de abrirla con el cuchillo hasta que lo logro, le tiro el aceite conservador de la lata y comencé a comer muy lentamente, aquello tal vez en otra ocasión me habría sabido mal, pero en esa ocasión eran un manjar tan suculento debido a el hambre que tenía, no había comido nada desde hace tres días y lo que había comido el día anterior lo vomité.

Después de que terminé de comer tiré la lata de atún y me moví del lugar en el que me encontraba.

En el pueblo donde vivía se hablaba mucho de un lugar de mala muerte en el cual sicarios, narcotraficantes y políticos corruptos de la zona frecuentaban para realizar sus tratos ilícitos, era algo así como en los cuentos donde se resguardan todos los villanos. Empaqué mis cosas, monté a Tumbie y me marché para averiguar dónde estaba ese lugar. El pueblito en el que se encontraba la cantina o lo que me dijeron varias personas a las que les pregunté.

La cantina estaba alejada de todo, ahí duré varias horas observando los movimientos y observando que tan cuidado estaba todo eso. Vi que si iban hay varios sicarios que frecuentan el lugar porque llegaban varias caravanas de camionetas lujosas y otras no tanto, me di cuenta de que era imposible atacar la zona, lo que si logré es identificar la camioneta de la persona que llegaba a cobrarle a mi papá, era la Scalade negra acompañada ahora solo de una Dodge Ram todo terreno.

Me dirigí a la zona del cerro que estaba al lado de la carretera que me permitiera seguir sus pasos para ver en qué pueblo era donde vivían, esperé unas horas para que saliera del lugar de mala muerte.

Salieron un poco antes del anochecer en el mismo convoy de tres camionetas, ya había llegado la tercera camioneta que lo acompañaba siempre que llegaban a cobrarnos, presté atención a ver que brecha agarraban y vi que iban hacia la derecha, al ver eso supe en donde se escondían.

No había pierde, el pueblo que estaba en la dirección a la que fueron era el único que había por ese rumbo, ya que el otro ya quedaba muy lejos, era más lógico que fuera ese pueblito porque tenían que estar cerca de ahí, tardé unas horas en llegar porque mi caballo tenía que descansar, llegué en la madrugada, amarré a mi caballo a un árbol en el cerro, bajé de ahí y me eché a dormir. Al día siguiente bajé a pie al pueblo para averiguar donde vivían los Sicarios.

Rondé por mucho tiempo en los alrededores del pueblo hasta que ubiqué la zona en donde se escondían, pero solo se veía una camioneta afuera de la casa que era la más jodida y tal vez las otras las habían guardado en la cochera, esperaba que estuvieran. Me acerqué a la casa para investigar. Me acerqué y escuché que tenían música de la que es típica de ellos a todo volumen. Investigué la zona con mucho sigilo, yo me encontraba temblando del miedo, ellos estaban de fiesta, me acerqué a la ventana para ver si lograba ver algo, miré con atención y vi como estaba la casa y me grabé todo para planear el ataque después, no me vieron y aparte estaban muy idiotas por la droga, tenían varias mujeres sin ropa.

Mientras observaba en la ventana, un hombre abrió la puerta y sacó a un perro, el perro comenzó a ladrar a mi dirección pero yo alcancé a irme de la zona, el hombre siguió la dirección a la que ladraba su perro que cabe mencionar que si me agarraba me mataba ya que era un Dóberman, esos perros están diseñados para matar personas, en fin, me siguen a la parte de atrás, yo me escondí de tras de unas cajas y tambos oxidados que se encontraban en el lote baldío que estaba al lado de la casa, el perro se acercó a las cajas. Yo cada vez me ponía más nervioso y ya me estaba preparando para lo peor y buscando cualquier cosa que pudiera agarrar para defenderme, el perro cada vez se acercaba más. Después de un rato el sicario que aparte estaba ebrio jaló al perro insultándolo y pegándole. Se marcharon de la zona. Yo ya no le hice más al pendejo y aparte ya había averiguado demasiado y me marché de ahí.

Yo volví al cerro a donde dejé a mi caballo, tomé mi caballo y las cosas que sabía que iba ocupar, me alimenté antes de irme, tomé la libreta e hice un plano de cómo estaba la casa y estudié bien cómo iba a atacar, el día para atacar era ese, la situación no podía ser más perfecta, los infelices se encontraban ebrios, así que yo iba a tener una gran ventaja, volví a bajar al pueblo a la casa a donde están los sicarios, cargué el arma larga y la corta, me acerqué con mi caballo a la zona por donde estaba la casa, amarré a Tumbie a un lote baldío, en ese lote baldío había niños jugando fútbol pero nadie me prestó atención y siguieron jugando.

Fui a la casa y después de observar un rato esperé a ver si alguien llegaba o salía alguien, después de un rato no pasó nada. Con la misma adrenalina de siempre me acerqué a la casa, disparé a la cerradura, se abrió la puerta y empecé a disparar contra los hombres que estaban ebrios y otros desnudos. Como diría Gloster, En lugar de ir montados en sus caparazonadas camionetas para espantar el ánimo de inocentes, se encontraban jugando las más traviesas cabriolas en las habitaciones de las doncellas al ritmo de su música que adornaba su estilo de vida sucio, pero yo no fui hecho para tales deportes, mi destino desde un principio es deshacerme de la basura, yo no encontrare mi regocijo hasta que mi cabeza no se encuentre ceñida por la sangre de las personas que hacen del mundo un lugar peor, así que disparé contra todos, los lujuriosos gemidos de las prostitutas que ahí se encontraban se tornaron en desesperados llantos, su regocijo se trocó en desesperación por vivir. Terminé con todos los que estaban en el cuarto principal, pero en otro cuarto se encontraba al fondo empezó a disparar por todos lados, yo me tiré al suelo y me cubrí con el sofá que se encontraba en la sala. El sicario salió de la habitación y solo me estaba cazando, yo pude ver que a mis pies se encontraba un mueble en forma rectangular que en la sima tenía una pecera, pensé que si lo pateaba al instante que yo salía para apuntar y disparar a ese sicario podía darle fin. Y eso hice, pero no salió así, no le di fin enseguida solo le pude dar un tiro en el pecho y mi arma corta se trabó, tomé el arma larga que me había guardado en la espalda, la recargué mientras el sicario agonizaba, le apunté en la cabeza, el llorando exclamo "No jefe, no dispare". Yo le hubiera hecho caso, ya que el arma larga le deshizo toda la cabeza, me manchó la ropa que traía y me salpicó cara y manos. En el último cuarto de la casa se encontraba cerrado, de todos los hombres que acababa de matar ninguno de ellos era el hombre que lideraba a todos cuando llegaba a cobrarle a mi papá con una actitud prepotente, yo de todo corazón esperaba que el estuviera atrás de esa habitación. Me acerqué, todo era silencioso, por más que trataba de que mis pisadas no se escucharan, se escuchaba demasiado. Lo primero que escuché al acercarme fue el llanto de una mujer, después me encantó lo que escuché, un hombre con voz muy queda dijo.

JEFE HOSTIL - Cállate pinche zorra o te suelto un putazo
y aquí te quedas.

Eso me alerto porqué quería decir que tenía un arma, yo aproveché para recargar y me dispuse a disparar a la cerradura que guardaba la puerta, pude haber disparado a lo pendejo como lo hacían ellos para ver si le daba, pero pensé en que la prostituta que estaba adentro con él no tenía la culpa de que esa noche le haya tocado ir a trabajar para esas mierdas, yo me dispuse a disparar a la cerradura de la puerta, disparé, la puerta se abrió, pero el maldito empezó a tirar balas con un fusil, hasta que se le acabaron las balas, yo entré con coraje apuntándole con el arma, el estúpido se cago encima del miedo porque olía a mierda o no sé si era la mujer que se encontraba con él. El cobarde me decía.

JEFE HOSTIL - No me mate, jefe, yo no le hice nada.

El que dijera eso me hizo rabiar del coraje, yo le dije gritándole.

GABRIEL– ¡Cállate!, entre más rápido me digas lo que quiero, más rápido te vas, dime donde está tu jefe.

Cada vez me respondía con la voz más agitada.

JEFE HOSTIL - Yo no lo conozco, patrón.

Yo le di un golpe con la culata, no lo quería hacer sufrir tanto.

GABRIEL - ¿Dónde está? Y como se llama.

JEFE HOSTIL - Le aseguro que no sé, jefe.

Yo le di un disparo en la rodilla porque si le daba en el estómago no iba a poder hablar, el inmediatamente se quejó, lloró como un bebé y me dijo.

JEFE HOSTIL - Haaaaay, No sé, señor, no me mate, lo único que sé es que el alcalde es amigo de él y que tiene una casa en la zona residencial Huitzimengari, pero le juro que yo no sé bien donde está.

 Le di un disparo en la otra rodilla.

GABRIEL - Dime todo lo que sepas, ¡todo! y más rápido se te pasa el dolor.

El hombre se quejó y lloraba con desesperación.

JEFE HOSTIL - Por favor, jefe, yo no le quité nada.

GABRIEL- ¿No me quitaste nada?

JEFE HOSTIL - Le juro que yo no soy malo, yo solo vine a esta fiesta, no les podía decir que no.

GABRIEL – Huy, pobrecito, pues yo si me acuerdo de ti, tú eras el que iba a cobrarle a mi papá.

JEFE HOSTIL - Le juro que a mí me traían jefe, no me mate, si quiere hasta le doy una feria y le prometo que no le voy a decir a nadie

GABRIEL- Lo siento mucho, solo te creí lo último.

Yo miré el rostro del sicario y le disparé en el cuello, esperé un poco y vi cómo se ahogaba en su sangre, sus ojos eran de desesperación, contemplé todo lo que hice, desperté del coraje en el que me encontraba y al ver el cadáver no pude evitar vomitar, por poco me desmayaba, pero me recuperé y aún débil tomé el celular y el radio que estaba en un mueble al lado de la cama. La prostituta se quedó llorando en la habitación.

Fui para la sala y rápidamente agarré lo que pude de la cocina y el refrigerador de la casa, agarré del refrigerador todo lo que me podría servir para alimentarme, en una mesa al lado de un cadáver había una pizza, la tomé, metí todo en mi mochila y salí de la casa. A lo lejos se escuchaban las sirenas de la Policía, Caminé por las calles de al alrededor de la casa hasta donde estaba Tumbie, ya había personas en la calle viendo a lo lejos todo lo que estaba pasando, yo no debía permitir que me vieran, había un señor y su hijo cerca de donde estaba mi caballo, me iba a señalar o gritar que ahí estaba el asesino o eso fue lo que creí, yo con la adrenalina del momento le apunté con mi arma y le dije que no dijera nada, el niño que iba con el empezó a llorar desesperadamente y a decir "no le hagas nada, por favor". Yo me sentí miserable, le dejé de apuntar y mejor a toda prisa monté mi caballo y salí a toda prisa del pueblo, se escuchaban cada vez más cerca las sirenas, corrí hasta que llegué a donde estaba cerca mi campamento en el cerro, yo aún paranoico pensando que me podrían haber seguido esperé apuntando a ver si encontraba a alguien, tiempo después me calmé y fui al campamento, hice una fogata para calentarme, una vez hecha la fogata empecé a escribir en la libreta con la mano aún temblando toda la información que tenía, mientras, la radio que le quité al criminal la encendí y no sonaba nada, con la fogata calenté el pedazo de pizza que traía en mi mochila y comencé a comer, duré tiempo comiendo hasta que después se comenzó a escuchar todo lo que decían los sicarios por la radio. Yo aún destanteado porque me acaba de despertar reaccioné y anoté todo lo que decían, una vez anotado todo preparé mi Sleeping bag, me acomodé para dormir y guardar energías porque el siguiente día iba a estar bastante agitado.

Esta vez no dormí bien, me desperté con una pesadilla en la que tenían amarrada a mi hermanita y a mi mamá, mientras les hacían cosas hórridas, desperté llorando y sudando. Me tranquilizo después de un rato, alisto mis cosas y emprendo mi camino y fui a otro arrollo que sabía que estaba cerca. Llegué al arrollo, en lo que Tumbie tomaba agua yo tomé un baño en el arroyo, también lavé a Tumbie porque este tenía aún la sangre de mi padre que había goteado la noche anterior, pasó el tiempo, al medio día, me vestí, ensillé mi caballo y partí hacia el lugar del que habían hablado. Después de varias horas de camino llegué a un cerro que se encontraba cerca del pueblito, hice lo mismo que hice el día anterior. Amarré mi caballo, alisté mi casa de campaña, corté ramas secas para hacer una fogata más tarde y comí.

Bajé a pie al pueblito ya mencionado, busqué una casa que coincidiera con las características que escuché, eché un vistazo a la libreta y checo bien cada detalle que decía.

Lo primero que se note es que en esa zona había un contraste brusco entre las casas, ya que o eran unas mansiones o eran casas bastante jodidas. Rondé por la zona hasta que vi dos posibles casas, primero me dispuse a vigilar a la distancia una de las casas, pero vi que no había movimiento.

Después fui a la otra casa, pero tampoco era porque llegaron después unos gringos a la zona. A la tercera casa que llegué coincidía más con la descripción, estaba muy protegida y tenía la bandera del municipio donde se encontraba, coincide con lo que le dijo la persona la noche anterior, es amigo del presidente municipal así que está involucrado en política.

Veo más de cerca, pero de manera cautelosa, camino hacia la puerta y logra ver que en la casa había niños jugando y que

83

hay varias personas cuidando la casa, vi bien detalle a detalle cómo estaba la casa, veo los alrededores.

Una vez hecho todo eso, me marcho.

Es el atardecer, aún falta como una hora para que anochezca, voy a donde están mis cosas, tomo mi mochila, me siento y empiezo a dibujar lo que vi ahí y empiezo a formular una estrategia para ir. Pienso si es correcto ir, la casa es la única que coincidía con la descripción, pero también podría que fuera la otra casa.

Dormí hasta que llegara la noche, me marché de donde me encontraba y fui hacia la casa blanca. No me decidí a entrar ya que otra razón por la que no podía entrar era que había niños y podría ser una familia inocente, me decidí a investigar, dejé mis cosas escondidas en un terreno que estaba cerca y fui a comprar un cubrebocas en una tienda cercana para cubrirme la cara para que nadie me reconociera.

Me decidí por hacerlo, me dirigí al muro más bajo, trepé y me colé dentro del jardín de la casa. Los perros empezaron a ladrarme, pero se encontraban lejos, busqué una forma de entrar, vi una ventana, la abrí y entre en la casa, subí las escaleras, vi que había dos habitaciones principales, me acerqué a la que estaba más cerca, puse el oído en la puerta y escuché con atención, pero solo se escuchaban programas de niño, fui a la otra habitación y no escuché nada.

Abrí la puerta lentamente y vi que había una niña durmiendo, se despertó con el poco ruido que hice y al verme gritó.

Salí rápidamente del cuarto, de otro cuarto salió un anciano y un niño.

El anciano me dice.

ANCIANO - No nos hagas daño, llévese lo que quiera.

GABRIEL - No vengo a robar, si no quieres que te vean morir ven conmigo.

El niño de alrededor de unos ocho años empezó a llorar, yo le dije al anciano.

GABRIEL - Tranquilízalo por favor.

ANCIANO - Pero, no, espera, yo no he hecho nada, por favor piensa en lo que estás haciendo, te puedo dar mucho dinero, pero por favor no le hagas nada al niño.

GABRIEL - No te preocupes, no les voy a hacer nada. No soy como ustedes.

ANCIANO - Te juro que no sé de qué estás hablando, por favor baja el arma.

GABRIEL – Muévete, rápido o te van a ver morir.

ANCIANO - O déjalos que se metan en el cuarto, míralos, están muy mal.

GABRIEL - Esta bien, que se metan, pero tú no te muevas.

Los niños entraron al cuarto llorando. El niñito se orinó en los pantalones, yo ya me estaba arrepintiendo de no haber planeado mejor las cosas, el anciano me dijo después en forma de reclamo.

ANCIANO - ¿Cuál es tu problema?, porque te presentas así en mi casa y asustas a mis niños así.

Yo inseguro no sabía si había ingresado en la casa correcta, pero su voz era ligeramente parecida a la de la radio.

GABRIEL - No te molestes en disimular, yo sé quién eres y lo que has hecho, ¿Quieres que te lo recuerde o en serio has destruido tantas familias que no sabes quién soy?

ANCIANO - Te juro que ni siquiera sé quién eres.

GABRIEL - Mi Papá y mi Abuelo murieron antier por tus hombres, tus hombres le cobraron derecho de piso a mi familia durante años, subiste la cuota que de por si era altísima, no te pudimos pagar y mandaste a tus hombres a matar a mi familia, la destrozaste.

ANCIANO - Si, entiendo que estés enojado piensa las cosas antes de hacerlo, tienes razón de estar enojado, pero por favor no hagas una locura.

Yo no aguante y comencé a llorar del coraje.

Yo lleno de coraje, no sé si lo que hice fue lo correcto, para mí lo fue. Ustedes que habrían hecho, si le disparaba podría ser

85

que no fuera la persona que creía y dejaría a los niños sin su padre o lo que sea de ellos, lo cual me convertiría en alguien como ellos. Pero si no le disparo esta gente es mala, traiciona y me puede mandar matar a mí y a el resto de mi familia después de irme de su casa para dejarnos como advertencia o vengar el susto que le di a sus niños, aparte ya sabe quién soy, ya vio mi rostro, todo se complicó debido a que se escuchó que iba entrando personas a la casa, no me quedaba mucho tiempo para pensar.

¿Tú que habrías hecho?

Tomé la decisión, accioné el arma, mi cuerpo se sintió mal a diferencia de los anteriores, porque esta vez no estaba seguro de si la persona a la que la había despojado de la vida, era mala y además había dejado a esos niños peor que muertos, tal vez me convertí en lo mismo que me despojó de mi familia, pero no podía hacer nada más, o como decía Julio Cesar "Alea Iacta Est" (la suerte está echada), a la casa iban entrando militares, llegaron flanqueando todo, busqué una salida de esa casa, ya no podía salir por la misma parte, así recordé que en uno de los cuartos que antes había visto una ventana que me podría ayudar a salir, ingresé de prisa a ese cuarto y aunque la ventana era pequeña ventana, tal vez podría entrar por ahí, abrí la ventana, subí para saltar y apenas cupe, me arrojé desde lo que eran unos quince metros, al caer me lastimé el pie izquierdo, esto me dificultó correr pero tenía que trepar la muralla que rodeaba la casa. Al caer no pude evitar hacer ruido, el cual hizo gritar a un soldado de los que se encontraban en la casa

-Escuché un ruido en el ala oeste.

Otro soldado le respondió

-Enterado, enterado.

Yo me apresuré a trepar para salir, había perros guardianes en la casa que comenzaron a ladrar. Yo me encontraba temblando, pero me apresuré a llegar a la barda para trepar, cuando iba trepando y casi alcanzaba la parte superior un militar comenzó a dispararme, varios impactos pasaron a unos centímetros de donde estaba yo, pude llegar a la cima, y sin prepararme para saltar debido a la situación al caer me lastimé aún más el talón, podía correr pero iba cojeando, escuchaba la sirena de la policía cada vez más cerca, yo corriendo traté de llegar a donde estaba mi caballo, pero ya no podía, en un último esfuerzo corrí hasta que llegue hasta Tumbie, lo monté del lado derecho que no estaba acostumbrado a montarlo, ya que tenía ya bastante lastimada mi pierna derecha, subí y le agité las riendas para que anduviera rápido. La patrulla ya se encontraba a unas pocas calles de donde estaba yo, espolié el caballo, pero de tan débil se encontraba mi pie que solo pude espolearlo del lado izquierdo, esto resultó negativo porque mi caballo lo interpretó como una orden para girar a la derecha, yo me desesperé porque la patrulla ya estaba muy cerca, giré a mi caballo en la dirección correcta y ya no espolié, solo le agité las riendas y con la voz agitada le dije – Arre cuaco. Comenzó a correr más de prisa, pero la patrulla ya estaba en la misma calle, por el megáfono los policías me comenzaron a decir. -Deténgase, o disparamos, ¡Repito, deténgase o disparamos!

Y efectivamente, comenzaron a dispararme, y los disparos pasaban cerca tanto de Tumbie como de mi cabeza, los escuchaba zumbar cerca de mi cabeza, llegue al cerro y mi caballo ya comenzaba a quejarse, pero el camino pesado apenas comenzaba, llegue a una parte empinada del cerro donde los policías no podían seguirme en su patrulla, escalé montando a Tumbie, pero los policías seguían disparando y uno de esos impactos le dio en el estómago a mi caballo y este cayó al suelo, me alcanzó a tirar lejos, si no seguro que me caía encima, yo me levanté rápidamente con mi pie derecho, porque mi pie izquierdo ya se encontraba inmóvil, ellos seguían disparando y estos disparos pasaban cerca de mi caballo, no me quedó de otra más que responderles, tomé mi carabina y comencé a abrir fuego hacia ellos para disuadirlos, no quería darles porque tal vez fueran personas que estaban haciendo bien su trabajo, duré un tiempo disparándoles pero al ver que mi caballo estaba muy mal, no me quedó de otra más que darle en una pierna a un policía, lo conseguí y después de eso para aligerar a mi caballo le quité la silla y todo los arreos, lo jalé y me marché adentrándome más al cerro, no sabía donde estaba, pero más o menos ubicaba los cerros aledaños, fui jalando mi caballo hasta donde posiblemente estaba mi campamento, después de unas horas de caminar lo encontré, me dispuse a ver si en mi campamento tenía algo para curar a mi caballo, solo encontré una botella de ron que le había quitado anteriormente del lugar donde estaban los sicarios, la abrí y se la vacié en la herida a mi caballo que nuevamente tenía su pelo blanco manchado de rojo, solo que esta vez la sangre si era la suya, también rocié el ron en el trapo, le puse el trapo en la herida y ejercí presión.

Mi caballo se quejaba divido al ardor que le ocasionaba el alcohol, pero a su vez esos quejidos se escuchaban como si me dijese algo, yo no quería que le pasara nada, ya que era lo único que me quedaba además de mi madre y mi hermana, yo con todas mis fuerzas traté de curarlo, pero me di cuenta que ya era inútil, solo me resigné y no me quedó de otra más que acabar con su sufrimiento, trate de apuntarle con el arma, pero no pude por más que quise acabar con el sufrimiento de mi amigo, mejor lo abracé y esperé con el hasta que llegara su hora, en medio de todos sus quejidos parecía decirme algo, como si se estuviese despidiendo, yo esperé, poco a poco su respirar se hacía más débil, al pasar el tiempo todo terminó en un suspiro, me quedé a su lado, lloré, ahora si estaba solo, lloré y lloré hasta que llegó el cansancio.

Capítulo XI

En la madrugada me desperté de un salto, no era nadie, pero estaba alerta. Tomé de mi equipaje algo que me sirviese para cavar una tumba para mi amigo, no podía dejarlo así, encontré un palo para picar la tierra y tomé una bolsa que me sirvió para llenarla y sacar así la tierra. Después de unas horas de mucho trabajo, ya casi amanecía y la zanja ya estaba medianamente grande como para que encajara ahí el cuerpo de mi caballo, lo jalé y lo metí en esa zanja. De nuevo le puse la tierra encima, finalmente le puse unas piedras encima para evitar que animales carroñeros lo desenterraran, me senté junto a su tumba, después me puse a comer, lo que quedaba de la pizza y un trago de ron que había sobrado. De pronto el silenció se comenzaba a trocar en algo que parecía inquieto a pesar de la calma que había, poco a poco se comenzó a escuchar movimiento, a lo lejos alcancé a ver un brillo, que después de ver más a detalle provenía de un casco de un militar, ya venían hacia a mí, tenía que tomar una decisión, no me quedaban balas, no me encontraba bien de mi pie izquierdo, y ya no contaba con la protección de la noche como cuando nos siguieron con mi papá, además eran demasiados, me decanté por lo más obvio, me entregué con las manos en alto y cojeando. Se acercaron asombrosamente rápido, yo me sentía frio, pero ya no podía hacer nada más, todos comenzaron a apuntar a los alrededores, mientras se me acercó y me indicó de una forma muy agresiva.

MILITAR -De rodillas, ¡rápido!

Yo le dije de forma tranquila

GABRIEL-Si señor, solo espere un poco porque tengo mi pie izquierdo muy lastimado.

El soldado me dijo de forma más agresiva.

MILITAR - ¡Rápido!, ¿Qué no escuchaste?, me vale madre si te cortaste un pie, rápido.

Yo me arrodillé, el me preguntó.

MILITAR - ¿Cuántos más hay contigo?

GABRIEL – Solo yo, señor.

MILITAR – No me mientas, yo sé cuándo no me están diciendo la verdad.

El me comenzó a pisar el talón, yo no pude evitar gritar.

MILITAR – ¿Cuantos más?

Un oficial militar de más algo rango se acercó y le dijo.

OFICIAL- Ya, Cabo, tranquilo.

MILITAR- Si, perdón, mi Sar.

OFICIAL- Espósenlo, déjenme aquí a este, junto con dos soldados y hagan un reconocimiento, a ver si hay más mierdas.

MILITAR- Si, señor.

Los soldados fueron a ver si había alguien más conmigo, duraron así un rato, mientras el oficial me comenzó a interrogar, pero de una forma más pacifica, aunque su voz era un poco brusca.

OFICIAL – ¿Cuantos más hay contigo?

GABRIEL – Solo yo señor.

OFICIAL – ¿Tu fuiste el que se chingó a los de la casa de seguridad?

GABRIEL – Si, fui yo.

OFICIAL – ¿Y fuiste el que ayer le dio piso al perro aquel?

GABRIEL – Si, señor, fui yo.

OFICIAL – Estuviste bien, pero lo debiste planear mejor, para no matarlo enfrente de sus nietos, pero no te preocupes, él lo hizo con varias personas inocentes.

GABRIEL - ¿Quién era exactamente ese sujeto?

OFICIAL – No te puedo dar explicaciones, pero supongo que después de lo que hiciste, lo mereces. Él era el jefe de esta zona, era una basura, lástima que por hacer lo que debías te tenemos que meter a la escuelita.

GABRIEL – Hace unos días atrás, quemaron a una familia completa, eran familiares míos, llegó otro oficial de los policías municipales, pero no ayudó, es más, nos dijo que ya sabía porque habían hecho ese acto contra mi familia, y que sabía que nosotros también debíamos, y nos dejó ir, seguido de eso, encubrió todo como si hubiera sido un enfrentamiento entre sicarios.

OFICIAL – La policía es de ellos, tienes mucha suerte de que me haya tocado arrestarte a mí, porque otros te habrían desaparecido o entregado a ellos, bueno, te tenemos que llevar rápido, ahora el soldado te va a leer la cartilla.

El soldado procedió a leérmela, tiempo después llegaron los demás soldados. Me llevaron hacia el pueblo, ninguno se quedó con las ganas de golpearme en alguna parte que no fuera visible, pero como siempre, yo sé que pudo ser peor, aparte, no esperaba un trato bueno de personas a las que las entrenan para la guerra, a mí ya no me importaba nada, aunque no podía evitar sentir dolor. Seguí adelante a pesar de todo, a afrontar las consecuencias de mis actos.

Llegamos a la zona militar local y me metieron a un cuarto donde me interrogaron tratando de sacarme algo, no me lastimaron, nada de eso, pero si me interrogaron tratando de intimidar, me interrumpían cuando yo estaba diciendo algo, no tenía nada que ocultar, confesé todo lo que había hecho, así que ya solo pasaría todo al juez y este dictaría mi sentencia, dormí en las celdas que tiene ese cuartel, unos días después me llevaron al juzgado de la capital, Morelia, me pusieron en la espera de casos prioritarios, y el día siguiente tuve mi primer comparecencia, debido a mis actos, el tribunal al que me enfrentaría sería Federal, no tenía dinero ni nada, así que para mí amparo me asignaron a un licenciado, pero este era un novato, a esto no le tomé importancia, ya no tenía nada que perder, en mis ratos de ocio había leído varios libros de derecho, quien diría que algún día de algo me iba a servir.

Llegó el día del juicio, para mí, claro. Todo inició a eso de las siete de la mañana, en la sala se encontraban tres jueces, los cuales conformaban el tribunal de enjuiciamiento, yo me encontraba en la mesa de la izquierda, en la mesa a mi derecha se encontraba el defensor de la familia de la víctima, a la cual había privado de la vida días antes y en esa misma mesa había familiares del mismo, en la parte atrás de la sala se encontraban más familiares de la víctima y unas señoras que se veían más humildes, también había unos dos periodistas, y frente a la mesa donde me encontraba, había alguien con una laptop, este era encargado de auxiliar a los jueces, no conocía a absolutamente nadie en la sala. Comenzó el juicio.

La auxiliar, comenzó a decir todos los datos, dijo la fecha, hora, y el número de audiencia, mi nombre, los delitos de los que se me acusaba, presentó a los jueces que me iban a juzgar. Una vez ingresaron los jueces, los licenciados se presentaron, primero el nombre y después la función que iban a tener en el juicio. Inició todo el proceso, la juez me comentó que el articulo XVI me daba derecho a proteger mis datos personales, que si quería que el juicio se desarrollara con o sin mis datos, yo le dije que no quería que se dieran a conocer mis datos, tomé esta decisión porque esto les daría la libertad de publicar mi imagen y los delitos, no lo hice por mí, lo hice para que mi madre y mi hermana no vieran en lo que me había convertido, para mí era mejor que no supieran nada, después nombraron a los testigos, no conocía a ninguno de estos, los únicos que yo sabía que me habían visto eran los niños, siguió el juicio, la juez narró todos hechos como habían declarado los testigos, dijo que se me acusaba de los delitos de portación ilegal de armas de uso exclusivo del ejército y homicidio. Después el MP pasó a dar sus alegatos, este más que hechos dio un discurso que parecía salido de una película, la juez le dijo que fuera más objetivo en lo que decía, el punto es que siguió el juicio por horas, presentaron las evidencias, hubo un pequeño receso, al regresar, los testigos dieron su testimonio de como supuestamente habían pasado los hechos, la juez solo encontró anomalías a uno, estos hicieron que se me quitara el delito de homicidio, este testigo contradecía lo que dijeron los anteriores testigos, aparte hubo una mala integración de la carpeta de investigación que presentó el MP, malos planteamientos del problema hacia los peritos y aunque la defensa de los afectados se veía que era buena, estuvo un tanto floja. La juez estuvo bien, el ministerio público es el que me ayudó, no investigó bien, no hizo la prueba al arma que se me había encontrado, fabricó evidencia como comúnmente se hace, no lo podía creer, estuve a poco de salir de ahí, pero como había alguien que había ordenado que se me encarcelara, la juez se apresuró y dijo:

JUEZ- Habiendo transcurrido el receso ordenado para el dictado de la sentencia definitiva, con apoyo en el artículo MVII del código de procedimientos civiles, se dicta sentencia. El acusado Gabriel Cervantes es inocente respecto al delito de homicidio calificado, señalado en el Código penal para el estado de Michoacán, Libro segundo, Título primero, Delitos contra la vida y la integridad corporal, capítulo I, el cual habla sobre Homicidio, Artículo 117, Homicidio simple, haciéndose valer el Artículo 5 de presunción de inocencia, queda inocente de este delito y con base en el incumplimiento del Capítulo primero, Artículo 11 de la ley de portación de armas de uso exclusivo de las fuerzas armadas, se encuentra culpable de quebrantar el artículo 83, por lo cual se dicta prisión de seis años y de doscientos días multa. ¿Tiene alguna objeción el imputado, el defensor o los afectados?

Respondimos que no.

JUEZ- Con lo que se concluye esta diligencia.

La juez no golpeó tres veces como en las películas, solo indicó con el dedo al guardia para que me sacara de ahí.

ACTO II

UNA CIUDAD A ESCALA

Capítulo I

Después un oficial me sacó de la sala, en pocos minutos me trasladaron de una forma tan rápida y fácil al Centro de Readaptación Social, este es el nombre bonito que se le da a la cárcel aquí en mi país, al llegar, me ingresaron inmediatamente en un cuarto, me hicieron poner mis huellas en una hoja mientras un oficial me decía todas las reglas a seguir y derechos que aún conservaba, después me hicieron despojarme de todas mis pertenencias, todas, quedé desnudo ante un oficial. No sabía cómo sentirme, me revisó de cabeza a pies, me revisó que no trajera algo escondido en alguna cavidad, me revisó absolutamente todo, pero no sentía vergüenza, lo que si sentía era enojo, o mejor dicho, odio, este odio no lo podía explicar, también sentía tristeza por no volver a ver a mi familia, temor de que les pudiera pasar algo a mi hermana y a mi madre, finalmente sentía frustración, porque a pesar de que acabé con las personas que acabaron con la vida de mis seres queridos, mi vida también se había acabado, ya no tenía familia, sentía la presencia de mi hermana y mi madre tanto como un paralitico siente sus piernas, ya o tenía hogar, ni siquiera mi título universitario, así que ellos ganaron, pensaba, si lo mejor sería morir, como cuando sabes que ya estás en jaque mate y por respeto te rindes, o si debía seguir en pie. Una vez terminaron de tomar mis datos, un oficial me pasó aún desnudo a un almacén en el cual tenían uniformes de recluso, me proporcionaron uno, no completo, solo me dieron el pantalón y una camiseta sin mangas, el pantalón era de color café, toda esta ropa tenía un olor insoportable, estaba dura y en cuanto me la puse inició una comezón terrible, quien diría que eso sería gloría comparado a lo que me esperaba, caminé junto a los guardias por un pasillo que conducía a un portón enorme, este se abrió, lo que había ahí no era para nada parecido a lo que se ve comúnmente en las películas, donde los reclusos se encuentran encerrados en varios pisos donde se encuentran celdas enormes, gritando, aquí era algo tan impresionante, era increíble porque es todo lo contrario a lo que es una cárcel, los reos se encontraban caminando libremente, y la cárcel más que parecer cárcel, esta era como un pequeño pueblito el cual tenía una tiendas, una era como una pequeña tienda de abarrotes donde, tenían cosas ilícitas, todo tipo de drogas: piedra, cocaína, marihuana, etc. Tenían armas pulso cortantes improvisadas, podías encontrar todo tipo de cosas ilícitas, excepto armas de fuego, aunque también había cosas de uso común, desde papel higiénico hasta celulares y televisores. En otra tienda había una persona que te podía cortar el pelo o hacerte tatuajes, todo lo que utilizaba para hacerlo, era improvisado. Las celdas estaban a las orillas de todo eso, se podría decir que eso era como el centro comercial de ese pueblito, no tienen baño ni camas, solo son cuatro paredes de rejas, los baños estaban afuera, en medio del patio, estos son diminutos, como de dos metros por uno, las tasas se encuentran muy juntas, como para ponerte a platicar con el que está al lado, estos a la vez fungían como regaderas, y como se encontraban en el centro del penal y descubiertos, todos te observarían hacer tus necesidades, estaban sumamente sucios, si te encontrabas a metros de ellos aun así te llegaba un olor nauseabundo, en otra parte se encontraban varios reos amontonados en una celda, estos estaban llamando por teléfono, posiblemente estaban extorsionando, en el pasillo se encontraban policías golpeando a un anciano, después me enteré que los policías cobran mensualmente una cuota a cambio de no golpearte u hostigarte, en otro lugar alto tenían música en vivo a todo volumen, como si de una fiesta se tratase, muy posiblemente ahí se encontraban los meros jefes del penal y no me refiero al alcaide, todo esto lo digo porque los custodios bajaban muy campantes de ahí de forma regular, y este lugar se encontraba protegido por otros reos, otra parte destacable es que había personas civiles tanto hombres como mujeres caminando libremente por el penal, no sé si eran familiares de algunos reos, varías mujeres parecían sexoservidoras, además se supone que las reuniones se llevaban a cabo en lugares especiales, pero igual, no sabía que pensar, porque ese lugar parecía todo menos cárcel, finalmente los oficiales me dejaron en medio del penal. Yo aún tenía dudas, le pregunté al policía:

GABRIEL- Señor, pero ¿Cuál es mi celda?

CUSTODIO – La que quieras.

Yo me sentí frío, tenía mucho miedo, no sabía lo que me esperaba, y quisiera o no, los demás reos ya habían notado mi actitud, ya estaban acechando a su presa. No sabía a donde irme, pero no quería estar solo, si algo nos ha enseñado nuestra historia es que los humanos solo sobreviven en manada, pero aquí no sabía en quien confiar, el anciano al que previamente había visto como los oficiales lo estaban golpeando se sentó en una mesa, en esa mesa había un juego de ajedrez, me acerqué a esa mesa, el anciano me dijo:

VIEJO – Acércate muchacho, no muerdo.

Yo me acerqué.

VIEJO - ¿Sabes jugar?

GABRIEL – Solo lo básico, solo ubico que movimiento tiene cada pieza, pero en sí, no se jugar bien.

VIEJO – Ahorita vas a ver que es sencillo, hasta adictivo se te va a hacer.

GABRIEL – ¿Cuál es su nombre?

VIEJO – Creo que era, ahmm, no recuerdo, no importa, aquí no necesitamos nombres, no importa eso, tu solo apréndete tu matricula y eso no te dará problemas.

GABRIEL – Entendido, y, ¿Por qué está aquí usted?

VIEJO – Tampoco preguntes eso, muchacho, aquí se considera una falta de respeto, espero y más delante tengamos tiempo para conocernos mejor, y te cuento que pasó.

GABRIEL – ¿Alguna otra cosa de la que deba saber?

VIEJO – Aprende a decir, perdón, con permiso y tiene razón, esas frases te evitarán muchos problemas, aunque lo creas injusto, tu evítate problemas, no quieras pelear, porque ni Chuck Norris podría contra cuatro personas, aquí no se van a poner a discutir contigo, si no les agradas o les estorbas, te quitarán del camino.

GABRIEL – ¿Quién manda aquí?

VIEJO – Todo lo que te diga no se lo divulgues a nadie, no confíes en nadie, muchacho, incluyéndome.

GABRIEL – Entendido señor.

VIEJO – Bien, las reglas de esta cárcel cambian cada cierto tiempo, todo depende de quien mande en las calles, los que controlen la ciudad, controlan la cárcel, en lo que he estado aquí, ha habido muchos cambios de guardia, te recomiendo que te quedes neutral, los que mandan son los que se junten en los edificios de ahí, en el piso de arriba.

Yo traté de mirar en dirección al edificio, el anciano me volteó la cabeza hacia el de forma brusca.

GABRIEL – Hey, muchacho, no los mires directamente, también aprende a disimular o ellos sabrán que estamos hablando de ellos, disimula todo lo que puedas, todos los reos que hacen de guardias que están ahí, son los que están al mando, compraron a los custodios, sin excepción, así que no los puedes acusar ni nada. De hecho, ellos muchas veces hacen el trabajo sucio por ellos.

GABRIEL – Y, ¿Porque lo estaban golpeando cuando llegué?

VIEJO – Porque hay una cuota mensual que debemos pagarles a las personas que están en el piso de arriba, les puedes pagar con objetos o en efectivo, el monto es de dos mil, si no les pagas, te darán una paliza, a partir de esa paliza tienes una semana para pagarles, de no hacerlo, te darán una golpiza de muerte.

GABRIEL - ¿De dónde se saca el dinero?

VIEJO – Tu familia te lo puede traer, aunque también puedes ofrecer tu servicio, como puedes ver hay personas vendiendo cosas, utilizando su ingenio, yo en mi caso, organizo apuestas, no con ajedrez, claro, ellos no tienen capacidad para él, a excepción de su jefe, para el resto de los reos tengo baraja española e inglesa y como todos son unos viciosos, estén donde estén, ellos no pueden dejar de estar aquí.

GABRIEL - ¿Y no pudo conseguir el dinero, o que pasó?

VIEJO – Pues tendría el dinero, de no ser por los oficiales que a cada rato quieren mordidas.

GABRIEL – ¿Por qué no los acusa?

VIEJO – No muchacho, que eso ni se te ocurra, solo te compraría problemas, a nadie, y esto grábatelo bien, a nadie aquí le desagrada un soplón, aunque se beneficien de ese chisme, no les agradan los chismosos, nadie se molestará por lo que tú le digas, solo conseguirías más problemas de los que ya tienes.

GABRIEL – Entendido, señor. Y si se puede saber ¿Qué era usted antes?

VIEJO - ¿A que me dedicaba?

GABRIEL – Si, eso.

VIEJO – Era maestro de una escuela rural, en una escuela pobre de Cherán.

GABRIEL – Cherán entonces, y ¿hace cuánto que está aquí?

VIEJO – Ya voy para siete años.

GABRIEL – Y ¿ha recibido noticias de Cherán?

VIEJO – No, tú sabes algo de ahí.

GABRIEL – Muy poco, señor, se podría decir que mejoró, se levantaron contra los políticos de la zona que se habían aliado con los narcotraficantes, estaban talando sus bosques, perdieron un tercio del bosque, recuperaron el control, le están batallando, pero a comparación de antes están mucho mejor.

VIEJO – Que bueno que se levantó mi gente, cuando yo entré aquí, Cherán estaba infestado de esas ratas, podíamos ver sicarios armados caminando por las calles

GABRIEL – Si, pudieron hacer lo que México entero no ha hecho y les resultó bien

VIEJO – Ya le llegará el momento a todo México, pero bueno, en fin, cambiemos de tema porque me da nostalgia, ¿Qué hay de ti?, ¿A qué te dedicabas?

GABRIEL – Soy ingeniero.

VIEJO – Eras, Ingeniero, acostúmbrate a ello, ahora solo eres un desgraciado más.

GABRIEL – Siempre he sido un desgraciado más. Aparte aún tengo los conocimientos.

Yo me decía eso para animarme, porque como dijo un sabio llamado George Constanza, "si tú te lo crees, no es mentira", lo único que me quedaba era la actitud con la que veía las cosas.

Me respondió en un tono burlón.

VIEJO – Pues en cuanto los pongas en práctica aquí me avisas, y yo con gusto te daré lo que salga del casino, muchacho, estás por convertirte en alguien aún más desgraciado

Yo recordando todo lo que había pasado.

GABRIEL – No tengo miedo.

VIEJO – No seas tonto muchacho, el miedo es lo único que te queda, te mantendrá con vida, es tu instinto de supervivencia, alguien sin miedo no es de confianza y es un muerto aquí, no trates de hacerte el héroe, aquí no existen los protagonistas, de hoy en adelante si quieres disfrutar de esta miseria más te vale hacerme caso en lo que te diga.

GABRIEL – Si supiera lo que he pasado señor.

VIEJO - Pues no eres el único que ha pasado por una tragedia, pero te comprendo, cada quién es el protagonista de su historia, deja de quejarte y sentir lástima por ti.

GABRIEL - ¿Qué es lo que vamos a hacer?

VIEJO - Vas a ayudarme a administrar este casino, a menos que quieras ser un perro al servicio de los que están en la fiesta de arriba

GABRIEL – Y ¿Quiénes son los que están arriba?

VIEJO – Son los del cartel que está controlando actualmente, el jefe de ellos no lo conoces, no lo detuvieron para estar aquí, el utiliza esta cárcel como fortaleza cada que las cosas están peligrosas en las calles, ni los que trabajan para el saben su nombre, pero esa persona es a la que buscan los políticos para pedir permiso para hacer algo, incluso me ha tocado ver a varios aquí. Hablamos después porque aquí vienen clientes, traite las dos barajas españolas que están en la bolsa negra que está ahí, en la reja de cerveza

Traje la baraja y se la di al viejo, él les arregló la mesa y las personas del penal se aglutinaron en el casino, yo hacía lo que me decía, observaba como repartía cartas, como trataba a los reos, de vez en cuando se enojaba alguno de ellos, debido a un resultado desfavorable, pero no pasaba a más, debido a él orden que imponían los del cuarto arriba, que no querían disturbios. Me preguntaba ¿Qué pasa si algo no les gusta?, siguió así durante horas, no me imaginaba que se generaba tanto dinero en ese pequeño espacio al cual le llamaban "casino", al final se fueron las personas de ese casino, el viejo me pidió por favor que le ayudara a acomodar las cartas, las piezas de ajedrez y el dominó en su lugar, pero que lo hiciera con cuidado, ya que las cartas tenían un orden, el me explicó como colocarlas. Mientras yo lo hacía, llegó un oficial y le dijo:

OFICIAL - ¿Qué tal nos fue, Changoleon?

Este era el nombre despectivo que le pusieron los policías debido al parecido que tenía con ese personaje.

VIEJO – Bien, pero deme chance, porque tengo que juntarle un dinero al de arriba.

OFICIAL – Pues júntaselo, ese no es mi problema, pero a mi dame lo mío.

Al viejo no le quedó de otra más que dárselo. Yo calculo que no le dio menos de unos dos mil, como les comenté, en ese negocio me impresionó las cantidades que se manejaban. El oficial se marchó y nosotros terminamos de organizar todo, nos marchamos, yo le comento.

GABRIEL – Nunca me imaginé que se manejara todo ese dinero.

VIEJO – Si, como ya te comenté, aquí la mayoría son unos viciosos, y no te incluyo a ti porque no quiero generalizar, no conozco tus vicios, pero seguro los tienes.

GABRIEL – ¿Dónde vamos a dormir?

VIEJO – Si es que tenemos suerte, en el baño de ahí.

GABRIEL – ¿Y que si no?

Yo le preguntaba con miedo, no debía ser experto para observar lo peligroso que era dormir entre todos esos reos, capaces de golpearte o apuñalarte a la menor provocación.

VIEJO – En las celdas comunes, y no te gustará dormirte en una.

GABRIEL - ¿Qué hay de malo ahí?

VIEJO – No faltará quien te busque problemas, o quiera pasarse de listo, el punto es que, yo por viejo y tú por joven, tenemos la de perder, además no te gustará el hedor que emana de esas celdas, el calor por la cantidad de reos que amontonan, créeme que es mucho más agradable el olor de los baños.

Seguí desesperándolo durante un rato durante el camino, de pronto un muchacho de más o menos mi edad se nos acercó a nosotros y le dijo al viejo.

JOVEN – Changoleon, te habla el señor.

El viejo me dijo - no te preocupes, ahorita vengo, no te le acerques a nadie hasta que venga, mientras espérame en un lugar apartado. Traté de esperarlo cerca de ese edificio en el que se encontraban esos sujetos, pero uno de los hombres que custodiaban el lugar, se me acercó y dijo: Caile por allá morro, no tienes nada que hacer aquí. Hice lo correcto, además me lo había pedido bastante bien, para lo que se espera de ese tipo de personas. Me alejé de la zona, esperé pegado a una cerca de un pasillo, la cual estaba en medio de la nada. Mientras espero, me pongo a ver cada parte del edificio, el edificio en el que se encontraba en la parte de la fachada, se parecía a los edificios de la cárcel, lo interesante en este era su interior, que parecía más una mansión, con lo que más le encuentro semejanza es con la cárcel que se le encontró a Muamar Gadafi, la cárcel es solo la fachada para su escondite, o mejor dicho, su fortaleza, la cual dispone de todos los servicios, agua potable, luz, internet, teléfono, guardia personal, chef, etc. Pasaron aproximadamente entre 40 minutos y una hora, ya se comenzaba a asomar la oscuridad, el viejo salió, tenía una mejilla roja que después se tornó morada y movía el labio con su lengua acompañado de una expresión de dolor en su rostro, no fue necesario preguntarle qué había pasado, lo que si le pregunté fue, la razón por la que le pasó eso. Caminamos, hubo un silencio por un rato, no hizo falta decirle nada para que el me dijera:

VIEJO - Tenemos que trabajar y después trabajar más, muchacho.

GABRIEL – ¿Por qué le hicieron eso?

VIEJO – En parte fue mi culpa, yo quise hacerme el listo, pagué los impuestos incompletos, y aquí la pena de la hacienda no es una multita, si no pago doble en tres días, me van a matar muchacho, o lo que es aún peor, nos van a matar a los dos, ellos ya saben de ti, lo que más me da coraje conmigo es que tú no tienes nada que ver nada con mis tonterías, por eso es que me golpearon, porque les dije que tu no tenías nada que ver.

Yo sentí frio, no sabía que pensar, estaba un poco enojado con el viejo, pero si me ponía a pensar bien, él no tenía la culpa de eso, la decisión la tomaron los de arriba.

GABRIEL – ¿Porque no les habla de que los oficiales no le dejan juntar el dinero?

VIEJO – A estas alturas no les importa eso, muchacho. Solo escupiría saliva y como te dije, a ellos no les gustan los chismosos y mucho menos los que les quieren ver la cara, lo único que habrían hecho es llamar al policía que esté delatando, le habrían preguntado si es cierto que el me está cobrando, ellos dirían que no, obviamente les creerían más a ellos, o simplemente le habría ordenado al oficial que me golpeara, eso habría sido la gota de agua para que me hubieran matado. Olvidándonos del tema, ¿Qué sabes hacer muchacho?, aparte de tu carrera.

GABRIEL – Se dibujar, se dé mecánica automotriz, se tocar algunos instrumentos.

VIEJO – ¿Y cuantas de esas cosas sabes hacer bien?

GABRIEL - ¿Cómo?

VIEJO – Me refiero a cuál de esas diciplinas sabes hacer al cien por ciento.

GABRIEL – Pues trabajé durante mi adolescencia en un taller de mecánica, y dibujar solo como pasatiempo.

VIEJO – Voy a hablarle al tatuador de aquí, para que te pruebe y si le demuestras que dibujas bien te dé trabajo, y a ver si tienen algo en lo que te puedas desempeñar de mecánico, posiblemente los policías te puedan dar trabajo, pero tendríamos que soltarles dinero, y ahorita no estamos para eso.

Yo solo me puse a pensar en todo lo que había pasado antes de llegar a esa cárcel.

VIEJO – Por lo pronto hay que asegurarnos un lugar para dormir.

Fuimos a la parte del baño, en la noche comenzaban a salir ratas de las coladeras, pero era más seguro dormir con ratas rondando que con otro tipo de ratas que están dispuestos a golpearte o algo peor, así que se me quitó lo delicado y nos acomodamos con unos cartones afuera del baño, no es necesario decir que de ellos emanaba un hedor insoportable, pero después de unas horas ya no lo noté, estaba agotado, llegué a mi límite y mi cuerpo se desvaneció, me quedé dormido como nunca.

En la madrugada me despertó un ronquido, como si una persona se estuviera ahogando, había un disturbio en una de las celdas, los policías bajaron a ver que es lo que había pasado, esperé a que el viejo me aconsejara hacer, él no está despierto aún, le cuesta trabajo debido a su edad, lo agito para que despierte. Despertó y me dijo que hiciera como que no pasara nada, que eso era normal y que no dirigiera mi mirada hacia ellos porque se podía entender como si los estuviera juzgando o buscando problemas, le hice caso, traté de cerrar los ojos, pero no podía dormir ya, sentía el estómago revuelto. El día siguiente me di cuenta de que habían cortado la tráquea a una persona, esa persona era de los que estaban en control antes en la cárcel, a ciencia cierta no sé lo que desató el problema, pero todo era como si no hubiera pasado nada, todos siguieron su rutina.

Capítulo II

El viejo me despertó.

VIEJO – Oye, muchacho, ¡ya es hora!, vamos a ver si podemos encontrarte trabajo.

Yo solo le asistí con la cabeza, me levanto todo desconcertado y después nos dirigimos primero con el que hacía tatuajes.

VIEJO - ¡Buenos días!

TATUADOR – Que onda, Chango, ¿Qué te trae por aquí?

VIEJO – Te traigo a este muchacho, sabe dibujar y quería pedirte de favor si le pudieras dar trabajo.

TATUADOR – Huy, Chango, lo siento, pero no lo necesito, si lo contrato tendría que pagarle, y conmigo tengo, lo siento, pero tengo las mismas broncas que ustedes.

El viejo trató de persuadirlo.

VIEJO – Piénsale, no tienes que dar respuesta ahorita, te dejamos tiempo para que le pienses, piensa que si no lo contratas puede ser tu competencia, acuérdate de que yo te hice tu máquina.

TATUADOR – Pus búscale, no me agüito, ya sabes que hacer la máquina cuesta, y no me parece que tengan mucho dinero para invertirle.

El Viejo le contestó en un tono sarcástico.

VIEJO – Órale pues, gracias, ahí andamos por cualquier cosa que se te ofrezca.

El tatuador contestó en una forma burlona.

TATUADOR – Oh pues, no te agüites mi Changoleon, comprende mi situación.

VIEJO – Está bien, estas cosas sirven, y no estoy enojado, solo no vuelvo a hacerte favores yo tampoco, y espero no haya problema con que haya otro tatuador.

Nos alejamos de la zona, el me empezó a decir.

VIEJO – Te voy a dar una lista de cosas que quiero que consigas, la máquina de él se la hice con un motor pequeño, esto lo puedes encontrar en un carro a control remoto o un cepillo dental, tu investiga, también voy a ocupar una cuerda para guitarra para que sea la aguja, obvio que esta tiene que ser de metal, para la tinta vas a quemar papel y las cenizas vas disolverlas en poca agua.

GABRIEL – ¿Y aquí de dónde voy a sacar eso?, No tengo nadie que me traiga un juguete, donde hay alguien que venda cuerdas, y ¿Cómo voy a hacer fuego aquí?

VIEJO - ¿Qué no eres ingeniero?, ¡Ponte las pilas!, aquí te adaptas con lo que tienes, pero supongo que no tiene nada de malo decirte como hacer esas cosas. En una tienda de aquí del penal, como ya pudiste ver en cuanto entraste, ahí venden cosas de uso común, y si no las tienen, te las consiguen, a ellos puedes pedirles el juguete y la cuerda, para la tinta vas a comprarles papel higiénico, y para quemarlo puedes acercarlo a un foco, pero como no tenemos tiempo para eso, vas a pedir unos cerillos o un encendedor, y disolver en agua muchas cenizas, ya yo te diré la proporción para que se haga una buena tinta.

GABRIEL – Ok, voy a comprar eso.

VIEJO – Está bien, con cuidado y muestra seguridad, pero no tanta, solo para que vean que no eres tonto, cualquier cosa es mala, me traes un cigarro.

Fui a comprar las cosas, me metí en la tienda, había un reo que, aunque parezca increíble, vivía con su mujer en ese lugar, o eso me parecía, porque estaban ahí muy cómodos. Me atendió de mala gana y muy frio, pero supongo que eso es lo de menos.

VENDEDOR - ¿Qué se te ofrece?

Yo le contesto de la misma forma en que me habla.

GABRIEL – Me das un motor pequeño, no sé si tenga.

VENDEDOR – A ver, deja me busco a ver si tengo alguno.

El vendedor sorprendentemente tenía muchas cosas en una caja de cartón, el comenzó a buscar y sacó varias cosas.

VENDEDOR – ¿Más o menos de que tamaño lo quieres?

Usé mi intuición para calcular más o menos cuales eran los que podían ser usados para una máquina de tatuajes, pero antes de eso le pedí.

GABRIEL – Me muestras los que tienes, por favor.

El vendedor sacó dos motores, uno de doce volts y otro más grande, pero supongo que ese sería imposible para lo que lo quería. Así que le pedí el que se ajustaba más.

GABRIEL – Me das el de doce, y también no se si tengas cuerdas para guitarra.

El vendedor sacó dos cuerdas un poco oxidadas.

VENDEDOR – Mira, estas son las que tengo, están así, pero es solo superficial, así las usa el otro tatuador, yo creo que se podría quitar con carbonato.

Yo no me podía poner exigente, así que la acepté.

VENDEDOR - ¿Algo más?

GABRIEL – Si, un papel de baño.

El vendedor le dijo a su mujer que me empacara las cosas, su mujer las enrolló en una hoja de periódico.

VENDEDOR – Bueno, serían mil quinientos varos.

GABRIEL – Aquí tiene.

Yo me marché, pero se me olvidó que tenía que comprar un cigarrillo, así que regresé, entré a la tienda, al mismo tiempo entró una de las personas del penal, no era policía, pero se comportaba como si tuviera más poder que ellos. Esperé a que el entrara, este hombre le comentó a el vendedor como si yo no estuviera ahí.

SUJETO – ¿Este pendejo quién es?

VENDEDOR – Creo que es nuevo, señor.

Traté de contenerme, comencé a sentir mucho frio, adrenalina, el corazón me latía rápido.

SUJETO - ¿Qué no escuchó, oiga? ¿Quién eres y porque estás aquí?

Yo quería mostrar seguridad, pero los labios me temblaban al igual que todo el cuerpo. Le contesté con voz temblorosa.

GABRIEL – Me llamo Gabriel.

SUJETO – Pues aquí yo mando, así que cuidado con lo que haces, eres mío, ¿Entiendes?

No sabía que contestar, no contesté nada.

GABRIEL – Mis respetos señor, pero prefiero no tener problemas, no le debo nada a nadie, no me meto en lo suyo, señor.

SUJETO – Ha, salió huevudito el buey, pus no, ya te dije, ya te chingaste, eres mío, cuando yo te diga ladra más te vale que ya traigas un hueso en el hocico, y si tienes algún problema con eso, lo podemos arreglar, tu dirás como le hacemos.

GABRIEL – Ya le dije que yo no tengo problemas con nadie, haga sus cosas y yo no me meto con usted, señor, solo vine a comprar un cigarro.

SUJETO – A, me parece muy bien, porque tenía ganas de uno.

El vendedor no tardó ni un segundo en darle ese cigarro, el sujeto se acerca a mí y me sopla el humo del cigarro en la cara, después me dijo.

SUJETO – Gracias por el cigarro, creo que nos vamos a encontrar pronto.

El sujeto sale del local.

VENDEDOR – La regaste, chavo.

GABRIEL – Pero ¿Qué se supone que debía hacer?

VENDEDOR – Bajar la cabeza y solo decir "si señor" ahora te pusiste en riesgo de perderla.

GABRIEL – Pues yo no hice nada malo.

VENDEDOR – Solo te diré que hablaste de más, me pagas el cigarro, carnal.

Le pagué y me salí, ya no me quedaba más dinero.

Me dirijo al casino, el viejo ya tenía a varios clientes jugando conquián, el viejo no tardó en notar mi actitud.

VIEJO - ¿Qué pasó?

GABRIEL – Un sujeto barbón con tatuajes se metió a la tienda cuando yo iba a comprar, pero me comenzó a buscar problemas.

VIEJO – Y ¿Qué hiciste?, espero que hayas hecho lo que te dije.

GABRIEL – Le dije que no quería problemas, que no me metía con él.

VIEJO – Te dije que aprendieras a bajar la cabeza, ahora tienes en contra a la mano derecha del jefe del penal.

GABRIEL - ¿Quién es?

VIEJO – Le conocen como El Choco, está aquí no porque lo hallan metido al penal, esta es su fortaleza, aquí viene cuando las cosas se ponen feas en las calles, esperemos quiera irse pronto, cambiando de tema, ¿Pudiste conseguir lo que te pedí?

Le entregué las cosas que me pidió.

GABRIEL – Así que...El Choco, ¿qué es lo que me puede hacer?

VIEJO – Ya no pienses en eso, ahí te dejé una hoja de la libreta en la que hago cuentas para que practiques para dibujar, mientras atendemos el casino, aquí mismo puedes tatuar a los chicos, otra cosa que no te he querido decir para no incomodarte, debí pedirte que me mostraras que tal dibujas, ¿estás seguro de que puedes dibujar?

Yo solo le asentí con la cabeza, comencé a dibujar, en lo que yo dibujaba, el viejo comenzó a asear el casino, tardé alrededor de una hora en terminar un dibujo sencillo, se lo mostré.

VIEJO – Pues si no te ahorca Choco, si te va ahorcar el que tenga ese tatuaje.

Yo volteo extrañado a ver la hoja para ver que tiene de malo

VIEJO - No te creas muchacho, si lo haces bien, te quedó muy bien, me gusta tu estilo, muy clásico, el tatuador de aquí se limita a cosas básicas, creo que si funcionará y más te vale que así sea.

GABRIEL – Bien señor, ¡gracias!, ahora esperemos a que vengan a jugar y mañana que esté lista la máquina, a ver quién quiere.

VIEJO – Me las voy a arreglar para hacer una apuesta, el que pierda se va hacer una, a ver que les parece.

Pasó el tiempo, como de costumbre esperamos a que llegaran, al principio solo llegaron pocos, el viejo les hizo la propuesta, afortunadamente dos personas ya no contaban con dinero, pero aceptaron tatuarse si perdían y jugaron conquián a dos de tres. Con el transcurrir del tiempo se fueron uniendo más jugadores, finalmente uno de ellos pierde los dos de tres juegos, yo lo comencé a preparar para tatuarlo, pero desafortunadamente después llegó el mismo sujeto que un día antes me había encontrado en la tienda, de nuevo llega con esa actitud prepotente y conflictiva, solo llegó y se sentó sin decir nada, pero nos mira y actúa de una forma que inquieta, desafiando, pavoneándose frente a nosotros, hace que todos los que estábamos ahí nos comportáramos de forma diferente, este sujeto le preguntó a uno de los clientes que si tenía un problema, nuestro cliente le contesta de forma tímida – Nada señor, disculpe. Seguía viéndonos con una mirada burlona, así se quedó por una media hora, yo procedí a hacer el tatuaje al cliente que perdió, pero de repente se paró aquel sujeto y dijo

CHOCO – Aquí por tatuar se paga, y tu no has pagado,

yo sentí frio, el estómago se me revolvió, mis piernas me temblaban y de nuevo mis labios se contrajeron, el viejo le contesta.

VIEJO – Yo le pago a tiempo por el local y yo supuse que eso entraba ahí.

El sujeto responde agresivamente

CHOCO – No hablé contigo, ¿Tu eres el que pones las cuotas, o qué?,

El viejo contestó asustado y sin mirarlo a los ojos.

VIEJO – No señor, nada de eso, solo que pensé que se pagaba por el local, usted dispense, con gusto le juntamos el dinero y le pagamos para la próxima.

El sujeto siguió con el tono agresivo, una postura amenazante pero sentado y relajado, el no se movió del banquito en el que llegó a sentarse.

CHOCO - Pues no seas pensante, juntas todo, nos vas a pagar todo junto, y no para la otra, para este mes tú sabes que nos debes, no me trates de ver la cara, ya te hemos pasado muchas.

El viejo en todo momento busca suavizar las cosas, su tono de voz es tímido, pero las palabras las dice con seguridad.

VIEJO – Sí señor, no se preocupe, nosotros le pagamos. ¿Algo más en lo que le pueda servir?

CHOCO – ¿En qué me podría servir alguien como tú?, espero el dinero, no quiero que el patrón se vuelva a molestar, si le vuelves a dar problemas le doy tu casino a tu novio, ¿entendido?

VIEJO – Sí, señor, no se preocupe, sin falta le entregamos el dinero.

CHOCO – A mí no es al que me preocupa, ya te dije, no quiero fallas.

El sujeto dio media vuelta y se fue, yo durante todo lo que duró la conversación quise intervenir, pero no lo hice, ya que podía empeorar las cosas, en lo que pensaba era en porque este sujeto se veía en la necesidad de cobrarnos y molestarnos, si en las calles como dijo el viejo, se supone que tiene dinero y solo va a la cárcel cuando busca estar a salvo, en fin, ni siquiera pude hacer el tatuaje, el sujeto que perdió no quiso hacerlo después de lo ocurrido y los ánimos de todos los ahí presentes ya no era el mismo, había acabado con lo poco que había de ánimo en el lugar, los sujetos se fueron del casino y nosotros nos quedamos solos hasta la hora de cierre, pero ni un alma más se fue a parar ahí, nosotros nos quedamos hasta el final a ver si nos llegaba algo, ya que necesitamos el dinero con urgencia y las cosas se pusieron peor, no llegó nadie, así que recogimos todo, cerramos el pequeño local, y nos fuimos a ganar lugar al mismo lugar de la noche anterior, afuera del baño desafortunadamente ya estaba ocupado, no sabía que seguía, a qué lugar iríamos ahora, le pregunté al viejo a donde iríamos ahora, y si era posible quedarnos en el local, él dijo que no, eso no estaba permitido, los guardias te hacían algo si te quedabas ahí, por qué razón, no sé, pero como todo ahí, yo creo que no lo necesitaba, me dijo que nos íbamos a quedar junto a los que nos habían ganado, y si no había problema, ahí nos quedábamos, si se molestaban no habría de otra más que quedarnos en las celdas, llegamos al lugar, nos acostamos y compartimos el lugar, estábamos muy apretados, yo estaba alerta en todo momento, tiempo después llegó a mí el sueño, y caí, o era eso o el olor del baño que me mareaba. De vez en cuando llegaban sujetos al baño, pero no nos despertaban.

Era la madrugada y de pronto me desperté de un salto. El sujeto que anteriormente nos había amenazado en el casino estaba pateando en la cabeza al viejo, yo aún aturdido por el sueño me abalancé contra él, y lo derribé, le alcancé a dar unos golpes, pero inmediatamente sus mascotas me sujetaron, pero los golpes que le alcancé a dar fueron suficientes para dejarlo aturdido. Como tenía que ayudar al vejo que se encontraba noqueado en el piso, el sujeto de atrás me tenía agarrado con las manos atrás, yo lo pellizqué en el estómago, el sujeto sintió dolor y movió las manos así me alcancé a zafar, y aproveché para darle una patada en la cara, eso lo tiró, la otra mascota del sujeto me empezó a atacar con un cepillo de tientes que en las cerdas tenía una navaja de afeitar, lo supe porque este me alcanzó a dar en el antebrazo y en el abdomen, aun así, la adrenalina me impidió sentir mucho dolor, me tiró un tercer golpe, me alcanzó a cortar pero le alcancé a quitar el cepillo y después lo tiré en el suelo y le di dos patadas en la cabeza y al último lo pise, había podido con los tres, pero yo estaba sangrando demasiado y cada vez me sentía más débil aparte del cansancio que no sentía, ahí llegaron los policías y como pueden imaginar, ellos no le hicieron nada a los otros, llegaron apuntándome con sus armas y sacaron al viejo a rastras, yo estaba sangrando pero el rostro del anciano era una exageración, aparte de que cuando estaban arrastrando su cuerpo este parecía sin vida, era como un muñeco de trapo, los policías lo arrastraron como si no fuera nada y a mí no paraban de golpearme, insultarme y amenazar, me decían que no sabía en que problema me encontraba, que ya me podía dar por muerto, a mí no me importó, yo había hecho lo correcto y ahora si ya estoy adentro del problema, ahora tengo que buscar una forma de defenderme y que por lo menos no se vayan limpios y riendo felices, estoy seguro que esos sujetos estaban heridos por las patadas que les había dado, los sujetos me conducen a un cuarto obscuro, en toda la adrenalina no supe a donde se llevaron al viejo, me condujeron a un cuarto obscuro y sin ventilación, este tenía un olor horrible, pero eso era lo de menos, no sabía lo que me esperaba ni como estaba el viejo, yo les dije que me encontraba herido, así fue en repetidas ocasiones, hasta que afuera del cuarto, escucho pasos, este sujeto les ordenó algo, los policías abren la puerta del cuarto, ya amaneció y la luz me encandila, aparte de que como ya perdí mucha sangre, me siento muy débil, pero ni esperar que los guardias me ayudaran, yo seguí, entré a algo que solo era un cuarto grande, como del tamaño de un salón de clase, y ahí estaban varias camas distintas, supuestamente ahí era la enfermería, en esas camas estaban los sujetos, dos se encontraban graves y el Choco estaba en la otra cama, si se veían los golpes que le había dado, este me miraba con odio y miedo, en la cama que estaba enfrente de él estaba el viejo, sentí muy mal verlo postrado ahí en la cama, no estaba consiente y su cara estaba hinchada, se podían ver sus heridas, mientras que a los sujetos que yo había golpeado si los habían atendido. De pronto me dice Choco en tono burlón.

CHOCO – Dicen que ya está más muerto que vivo.

GABRIEL – Más te vale que se salve, o en serio ahora sí voy a tener intensiones de lastimarte.

Él me contestó de forma burlona, pero yo notaba miedo en él.

CHOCO – No pues que miedo, lo único por lo que me pudiste hacer algo es que me agarraste desprevenido.

GABRIEL – Lo bueno que tu si lo atacaste de frente, a un anciano.

CHOCO – Pues es lo menos que podía hacer, el patrón ordenó que me encargue de él, era peso muerto, su local lo podía ocupar alguien más y yo no quería hacerlo sufrir.

GABRIEL – Pues no sé cómo le voy a hacer, pero en cuanto pueda tampoco te voy a hacer sufrir mucho.

El tono arrogante de este sujeto se había ido, ahora notaba que su voz ahora era insegura, y tenía miedo.

CHOCO – Y ¿Que esperas?

GABRIEL – No soy como tú, ahorita estás herido, no soy igual de basura que ustedes, yo te voy a matar de frente.

CHOCO – Bueno, échale ganas, te espero, ¿Quién eres?, ¡¡te estoy preguntando!!

Me dijo gritando, (le contesto de la misma forma)

GABRIEL – Ya dije, más vale que te cuides, vas a pagar si le pasa algo, así que es mejor que hagas que lo atiendan, ¿Por qué no lo atienden?

Les grité a los enfermeros, pero nadie me contestó nada, después de un rato el sueño iba cobrando factura poco a poco, una enfermera llegó para atender mis heridas, le dije que por favor atendiera al viejo, pero me contestó que no tenían el equipo para tratar sus heridas, que la razón por la que no lo atendían era más un problema del hospital, yo poniéndome a pensar, si de por sí, no hay equipos o recursos suficientes en los hospitales civiles, con menos razón nos iban a atender, le pregunté - ¿Qué se hace en estos casos? Ella me dijo que, si era alguien importante, como un capo, a este se le trasladaba hasta un hospital en el que tuvieran equipo para atender, pero que como se trataba de alguien sin dinero ni poder lo único que quedaba era esperar si mejoraba o lo más seguro, que muriera. Yo lo cuido durante todo el día a pesar del sueño, respiraba con dificultad, ya que roncaba y parecía desesperado, caí rendido no podía mantenerme despierto más tiempo, mis heridas cobraron factura, además podía hacerlo ya que los sujetos que había golpeado no eran capaces de moverse hasta mi lugar, pasó el tiempo, y después de un rato cedí al sueño.

Tiempo después, desafortunadamente pasó lo obvio, me desperté cuando entraron varias personas a la habitación y comenzaron a registrar dos decesos, el de mi amigo y el del hombre que había pateado en la cabeza. Hasta ahí había llegado el viejo, al cual no conocí a fondo, ni siquiera supe su nombre, pero me trató como un verdadero amigo, me protegió, posiblemente me cuidó como a un nieto que nunca pudo cuidar, ni conocer, ahora no sabía que me deparaba. También me puse a pensar en todos los abusos que tuvo que soportar, como se preocupaba por lo que le podían hacer esas basuras, para que finalmente no importara y terminar así, no sabía que podía o debía hacer por él, lo que pensaba era en ir por el dinero que habíamos ganado en el casino, para darle un entierro digno, pero ¿A quién le pagaba por ello?, aquí todos son corruptos o tienen miedo, si se los daba de todas formas iban a hacer lo mismo, pero algo me quedaba claro, no iba a darle el dinero a quienes le hicieron eso, no iba a esclavizarme de la misma forma, y como no tenía nada, y tampoco me importaba, ahora solo me quedaba enfrentarlos, pero debía actuar con la cabeza. También de todo esto aprendí que, en este ambiente, no solo no hay que confiar en nadie como dijo el viejo, sino tampoco hay que encariñarse con nadie, como no pueden crecer flores en el desierto, este ambiente solo admite mal. Pasaron y se llevaron los cuerpos, nunca lo volví a ver al viejo, pero ya había pensado como podía agradecerle, debía hacer que pagaran.

Capítulo III

Aún no me recuperaba cuando me echaron de la clínica de la cárcel, yo aún estaba herido, así que debía evitar a toda costa por donde me iba, debía evitar a toda costa cualquier conflicto, lo primero que hice fue ir al casino a recoger todo el dinero, pero seguro me esperaba alguien en ese lugar, aún sentía dolor en las contusiones, pero seguí adelante, en caso de que llegara algún percance tal vez podía dar un poco de batalla, llegué al casino, no había nadie, pero aún estaba el dinero donde lo guardaba el viejo, este lo guardaba en un ladrillo, el cual se desprendía fácilmente de una columna de la construcción en obra negra que era nuestro casino, lo tomo y lo oculto en mis tenis, pero este tiene un gran volumen así que lo guardo en ambos y me dejo un poco en las bolsas de mi uniforme café, busqué un lugar a donde podía ir, a donde sea que iba sabía que de alguna forma o estaban comprados o atemorizados por las personas que controlaban la zona, así que permanecí solo en todo momento, había mucho tiempo por delante así que fui a la zona donde nos habíamos dormido el día anterior para ver que había pasado en esa zona, hasta hoy el día me había parecido muy largo, pero no había pasado ni una hora que había salido del hospital. Llego a esa zona, veo que aún hay una mancha de sangre en donde habían atacado al viejo, la mayoría de los reos se me queda viendo con atención, de pronto se me acercó uno, yo me puse alerta ya que me podía acuchillar o someter para que alguien más llegara, así que me puse a la defensiva, yo estaba tenso en todo momento, el se me acercó, y me dijo – Te veo atrás del bar en media hora. Yo solo asentí con la cabeza y él se marchó, yo seguí caminando y anduve caminando, yo noté todas las actitudes de todos los que estaban ahí, unos veían muy disimuladamente y se miraban con complicidad, tal vez porque le iba a ir con el chisme a los que tenían controlado, como ya dije, muchos les tenían miedo, pero por otra parte en esos lugares hay valores distintos a los que hay en las calles, ya que ahí varias cosas son mal vistas, como ir de soplón así que eso jugaba a mi favor, yo esperé a que pasara la media hora y fui lentamente y mirando a todos lados de forma disimulada, esperé a que todos estuvieran distraídos y así iba avanzando poco a poco, hasta llegar al casino, ahí había varios reos, pero se veían dispersos, el líder me dijo – Siéntate disimuladamente y no nos veas directamente, por si pasan los guardias no piensen que estamos murmurando, toma ese fierro y finge que estás trabajando. Yo les obedecí y sin mirarlos fijamente tuvimos una conversación entre susurros. Yo comencé a conversar.

Le dije susurrando.

GABRIEL – ¿De qué se trata?

Me respondió un hombre que se veía de mucha experiencia y que su forma de hablar y comportarse era muy fría, el me respondió con otro susurro.

HOMBRE – Antes de decirte todo, debo estar seguro de que en realidad seas alguien serio y que no se va echar para atrás, esto que estoy a punto de platicarte puede costarte la vida, si no estás seguro de si quieres seguir, no hay problema, pero este es el momento si te quieres marchar, ¿Estás seguro de que quieres entrar?

Le contesté en voz baja, y en todo momento estábamos mirando a otra dirección.

GABRIEL – Si puede díganme antes de que trata, no algo preciso, solo es que no quiero meterme en cosas como las de esas personas.

HOMBRE – Pues si no quieres meterte hasta adentro no hay problema, pero ten en cuenta que después de lo que hiciste ayer, que es la misma razón por la que queremos incluirte, no la tienes tan fácil, esto te puede salvar la vida, dime, ¿Estás seguro de seguir?, no vas a tener que vender nada ni nada, pero tal vez si te toque pelear, esto es serio, te reitero, si no estás seguro, no hay problema, no has escuchado nada importante, puedes irte.

Este hombre aparte de que hablaba con un tono de voz carente de vida, lo compensaba con una perfecta dicción, hablaba como alguien muy inteligente y culto.

GABRIEL – Si lo que están a punto de hacer trata regresar el daño a las personas que mataron al viejo, cuente conmigo.

Yo tomé esa decisión, pero en todo momento estoy pensando en lo que me dijo el viejo, que son reglas básicas en ese lugar, "no confíes en nadie" y la que había recién aprendido "no te encariñes con nadie" aquí se tienen que tomar las decisiones con el cerebro, no con el corazón, así que ahora solo me quedaba escuchar que era lo que tenían para mí.

HOMBRE – Correcto, pues comienzo a ponerte en contexto, las personas que están en control en este penal, son de un grupo criminal que por el momento está en control de esta zona, este grupo se está comenzando a debilitar, yo no te puedo dar información de a quién pertenezco ya que en caso de que te capturen y torturen podría involucrarlos, pero lo que si te puedo decir es que es contrario a los que controlan tanto al estado así como esta cárcel, el plan es desestabilizarlos y finalmente atacarlos, vamos a hacernos con el control de esta cárcel, el trato que te ofrezco es que nos ayudes, ya vimos ayer que tienes talento y nos serías de mucha ayuda, podrías ayudarnos a deshacernos de varios de ellos, aparte de estos muchachos hay varios que pueden ser intimidados y ayudarnos, a cambio nosotros te haríamos un favor, y te doy mi palabra de que se podrá hacer algo para concederlo, te podemos sacar de aquí, o darte dinero en cuanto salgas, eso es decisión tuya, y te doy mi palabra de que si tu actuar es derecho, nada te va a pasar, eso es todo, yo o alguno de estos muchachos.

Irving Rodríguez

Ahí se detuvo, un guardia pasó por esa zona y todos comenzamos a hacer como que trabajábamos en algo y así parecía, todos estábamos muy dispersos, esperamos a que se alejara más. Para cerciorarnos de que ya no estaba cerca de ahí, el hombre mandó a uno de los sujetos a revisar si ya se había ido y de ser así que viera el lugar a donde iba después. Mientras el sujeto regresaba, el me siguió susurrando.

HOMBRE – Como te decía, ya sea yo o alguno de estos muchachos te indicará cuando hay junta, tenemos que cambiar los lugares para llevarlas a cabo, esto se te indicará, en caso de que alguno de nosotros sea descubierto no nos hacemos responsables, así que hay que ser cuidadoso, siento lo que le pasó a tu amigo, espero que paguen por lo que le hicieron, y estoy seguro de que lo harás así, y otra cosa que olvidé mencionarte es que de vez en cuando es común que esas ratas te citen a su palacio, tu solo actúa normal, si te preguntan cualquier cosa, tu evade lo más que puedas sus preguntas, y sirve que vas viendo como está ese lugar, así podremos planear algo juntos, bueno, no tengo nada más que agregar, piérdanse, no regresen juntos.

Todos nos marchamos de ese lugar, era apenas medio día, yo regresé, pasó el tiempo, yo solo esperé sentado en algo que era un intento de una cancha de básquet la cual estaban usando para jugar rayuela, yo solo me senté ahí a esperar a que pasara el tiempo, pasó el tiempo y uno de los reos que jugaban hizo un mal tiro, el cual callo al lugar en el que yo estaba, este sujeto hizo una rabieta y me empezó a buscar problemas, argumentando que yo le había hecho perder, yo solo lo ignoré y le dije que no buscaba problemas, y me retiré de ahí, así fue durante todo el día, no quería llamar la atención o socializar con nadie, así que agarré un lápiz que tenía para dibujar, y así pude pasar todo el rato. Llegó la tarde, me levanté de mi lugar, me preguntaba donde me iba a quedar en la noche, me dirigí a donde era un lugar posible para pasar la noche, era una banca al lado de la cancha de básquet, me dirijo a esa banca y de pronto un hombre me levanta la mano, yo me detengo, le pregunto - ¿Qué pasó?, el me hizo una seña con la mano indicando que fuera hacia donde estaba ahí, yo estaba alerta en todo momento pero no me quedaba de otra más que seguir su juego, el me dirigió hacia donde se quedaba el jefe del penal, me dijo – Sube, te están esperando. Con una voz característica de gran parte de las personas que estaban ahí, era monótona, carente de calidez, brusca, yo subí las escaleras, al finalizar estas escaleras estaban dos hombres resguardando la puerta, estos me revisaron, estaban armados, yo pude notarlo porque su vestimenta era muy holgada, sus uniformes eran más holgados de lo permitido, seguro estos guardaban un arma en su cintura, y además estos tenían siempre la mano cerca de esta zona, pero en fin, me hicieron pasar a esa casa, entré y era increíble todo lo que había ahí, lo que se encontraba en ese edificio contrasta mucho a como están las cosas afuera, tenían muebles finos, pero de buen gusto, en algunas partes piso de madera y en otras mármol, tenían un cuarto de juegos, cantina, varios dormitorios, y un despacho principal, este aunque no lo crean, era una réplica o por lo menos se parecía bastante al despacho de Marlon Brando en El Padrino, tenían varios muebles iguales y otros que se parecían demasiado a los de la película, ahí se encontraba el jefe de todos estos, este lucía y actuaba distinto a los otros, no viste tan ostentosamente, si te lo encontraras en la calle pasaría desapercibido, el me dijo con voz suave y educada.

ALCAIDE – Hola, Gabriel, toma asiento, no tengas miedo, no te va a pasar nada.

GABRIEL – Gracias, Señor, ¿Cómo, como es que sabe mi nombre?

ALCAIDE – Tengo acceso a todo expediente de las personas que están aquí en la calle, tu fama te precede, Gabriel, se que has hecho cosas grandes ahí afuera,

Cuando él dijo eso yo hacía como que no sabía nada de lo

que hablaba.

ALCAIDE - Una persona con tu potencial cabe en cualquier parte, ahora, como ya te mencioné, sé lo que hiciste en las calles, lo que te voy a compartir es de mucho valor. La razón por la que yo estoy aquí es que tus acciones contra mis enemigos hicieron que se disparara la violencia en las calles, mataste a una basura importante para mis enemigos y ellos en respuesta no supieron de donde les llegó el golpe así que comenzaron a tirar patadas de ahogado, estoy seguro de que ya saben de mi presencia aquí y en cualquier momento tratarán de golpearnos, tu serías de mucha ayuda para mí, sé que harías la diferencia en una situación que se presente, podría serte de mucha ayuda para salir de aquí, caso contrario, yo soy el único que sabe tus grandes hazañas, esos enemigos míos pueden ser tuyos si yo les contara de tus epopeyas, solo que serían tus enemigos pero sin mi apoyo, ¿Qué me dices, Gabriel?.

GABRIEL – Si no es mucho pedirle, déjeme pensarlo esta noche, mañana a esta hora le tengo la respuesta.

El rio a carcajadas, yo noto que en todo momento está analizando mis respuestas, mis movimientos, mis gestos, no es que yo contestara en automático a todas sus preguntas, mientras él hablaba, se libraba en mi mente es que, por un lado, el me puede ser de mucha ayuda, este tipo de personas es mejor tenerlas a tu favor, por otro lado, él puede ser de esos mismos que destruyeron a mi familia y les di muerte, no debía confiar en nadie, debía meditar todo lo que pasaba, si le daba un sí y el no sabía que yo era el que había matado y solo estaba averiguando si en realidad había sido yo, podría solo estar esperando que yo confirme todo, pero no le he dado un sí.

ALCAIDE – ¿Tienes más opciones?, no seas tonto, yo puedo ser tu boleto de salida, y hasta ayudarte a construir una mejor vida, más de lo que podrías soñar.

GABRIEL – No tengo opciones, insisto, Señor, deme un

día, un día no es nada.

ALCAIDE – Creo que no captas, Niño, si no me das un sí, todo el penal estará tras de ti, y con gusto voy a ver cómo te destrozan, que dices, ¿Sí, o sí?

GABRIEL – Está bien, Señor, gracias por acogerme, espero ser de ayuda, sobre los "hitos" que dice que yo hice, no estoy seguro de donde escuchó eso, pero espero ser útil.

No me quedó más que responder eso, crucé los dedos para que no me matara por matar a sus compañeros, pero no, todo marchó bien, o eso parecía.

ALCAIDE – Enhorabuena, Gabriel, de hoy en adelante yo te cuidaré y tu me responderás directamente a mí, cualquier cosa que necesites, avísame y con gusto te ayudaré, de hoy en adelante dormirás en las habitaciones de los guardias.

GABRIEL – Muchas gracias, señor, que descanse, hasta luego.

Salí por donde entré, pero ya había memorizado bien todo lo que había dentro de esa fortaleza, me dirigí a donde estaban las celdas de los guardias, y ahí me esperaba una cama, que no era nada acogedora, pero era mejor que quedarse a los pies del baño, ahora debía arreglármelas para que no me vieran, mi siguiente misión era ir con los que anteriormente había hablado ayer, e investigar todo lo que pudiera acerca del jefe del penal, pero de tal forma que no me notara tan obvio, sabía a qué grupo pertenecían los que me había enfrentado antes, ahora solo debía saber si el sujeto era quien decía ser, o me estaba utilizando, pero debía hacerlo de la forma más discreta posible, ahora me estarían viendo de manera más atenta, todo eso lo pensé una y otra vez mientras trataba de dormir, hasta que caí dormido.

Capítulo IV

Desperté muy temprano, y ya me estaba esperando un guardia. Salí del cuarto y lo primero que me dijo.

GUARDIA – El jefe dice que lo que quieras de desayunar con mucho gusto órdenes y te lo traen de afuera, no tienes por qué comer la porquería que dan aquí.

GABRIEL – Muchas gracias, con lo que dan aquí en la cárcel está bien, no quiero ser aprovechado.

GUARDIA – Óra pues, ta bien.

El guardia se guardó el dinero en su bolso, ellos no van a decir que no a algo que les permita ganar más dinero, no quise aceptarles nada no porque no quiera ser aprovechado, más bien es que en ese tipo de personas no se debe confiar, yo no iba a comer algo que ellos pudieran manipular y envenenarme, aparte aceptar algo de ellos les iba dar consciente o inconscientemente la sensación de que estaba en deuda con ellos, no esperé mucho para salir de la habitación, bajé al patio donde estaban la mayoría de los reos, esperé hasta que llegara la hora de comer, para esto, el guardia solo gritaba que estaba lista la comida, todos nos formábamos para que nos dieran la comida, estos nos la daban, y tu decides donde te la comes, si en el suelo, si en una banca sentado, pero no había comedores como la imagen típica de la cárcel estadounidense. Me senté a comer, la comida es horrible, pero al ser entregada al azar tengo la certeza de que esta no va estar envenenada o manipulada con algo. Me como esta comida y veo donde está cada uno de los sujetos con los que me reuní ayer, así esperé por un rato, hasta que uno de ellos me miró y me hizo una seña con su rostro, el me daba a entender que llegado el momento lo siguiera, así esperé, hasta que el se acercó al baño, yo lo seguí hacia el baño, no lo saludo, no le hablo, ni siquiera le hago un gesto, hago como si no supiera quien es el, espero a que él me diga algo, el me susurra, - En cuanto notes dispersos a los guardias y a los enemigos, ve a el casino, a la parte trasera. Así se fue, y yo esperé ahí un rato en el baño para no levantar sospechas, y después me marché del baño y de nuevo me agrupé con los otros reos.

Mientras llegaba el momento de reunirme con ellos, yo pensaba cual era la decisión más acertada, o menos peligrosa. Al haberme reunido con el verdadero alcaide, posiblemente estaba siendo vigilado en todo momento, debía observar discretamente a mi alrededor para ver a alguien que tuviera actitud sospechosa, a la vez pienso a que bando es al que puedo ir, y alguna forma de asegurarme de que lo que me dijo el hombre la noche anterior, es cierto, y las personas con las que me reuniré son del mismo bando que los que destruyeron a mi familia. No sabía qué hacer, o si al reunirme con ellos sería como ir al matadero. ¿Cuál es la decisión más acertada?

Supongo que mi única opción es ir, reunirme con esos sujetos y en la marcha se me ocurriría algo sutil para preguntarles de que bando son. Pero si lo preguntas, lo más lógico para mí, era que el jefe de la prisión es del bando de los que destruyeron a mi familia, esto lo pienso porque mi amigo Changoleón, en paz descanse, me dijo que cuando las cosas se ponían serias en las calles, el utilizaba de fortaleza esta cárcel, la segunda razón para pensarlo era que cuando iban a cobrar "protección" a mi familia, ellos dijeron que iba a subir la cuota, esto debido a que el grupo contrario comenzaba a ganarles terreno. Así que, desde un punto de vista lógico, el jefe de la cárcel me estaba mintiendo. Aun así, de cualquier forma, debía asegurarme al ciento por ciento de que así fuera, no debo confiar en nadie, lo único que tenía que hacer por el momento, es identificar a un potencial espía e ir a la reunión sin ser visto.

Pasó tiempo, en cuanto llegó la hora, me moví hacia el sitio acordado, pero en esta ocasión no nos reunimos en el mismo lugar ni de igual manera, esta vez nos metimos a un lugar a puerta cerrada. Además, eran más las personas en contraste con las de la vez pasada, mientras unos vigilaban la puerta de forma disimulada, otros vigilaban que nadie viniera. El hecho de que fuera a puerta cerrada, me daba una sensación de inseguridad, esto porque en ese sitio me podrían golpear para sacarme información y no se escucharían los gritos. De algún modo yo sabía que ellos sabían de la reunión de la noche anterior. Así que debía salir de mí, no quedaba de otra más que decírselos, eso jugaría a mi favor, era mejor, ya qué sería un indicio de que seguía con ellos, más bien la cuestión era, ¿Qué información me guardo para mí, y cual les cuento?

El líder de ellos comenzó a hablar, de nuevo con esa voz monótona y carente de emoción.

HOMBRE – Bienvenidos todos, la razón de esto es para decirles que las cosas se van a precipitar un poco, esto es necesario porque de no hacerlo y esperar a ver qué pasa sería nuestro fin. Nos enteramos de que el alcaide se enteró de nuestra reunión previa, y de que seguramente planeamos un golpe contra él, tenemos que identificar al que abrió la boca de más, también tenemos que poner en marcha un plan para bajarlo de inmediato. Gabriel, ¿tienes algo que compartir?

GABRIEL – De hecho, sí. Ayer me reuní con él, y efectivamente, el sabe de nuestra reunión, por algún soplón no tiene que preocuparse, sería muy malo pelearnos entre nosotros por algo que no tiene caso, no necesita de un soplón, tiene acceso a toda nuestra información, estoy seguro de que a los de su grupo rival los tiene identificados, y en este momento está preparado para un ataque.

HOMBRE – ¿Por qué deduces que él tiene acceso a esos datos?

GABRIEL – Porque me dijo a detalle la razón por la que me metí aquí, y salió de el decirme que sabe todo de todos.

HOMBRE - ¿Qué más te dijo?

GABRIEL – Me intimidó diciendo que iba a ponerlos a ustedes en contra mia.

HOMBRE - ¿En qué forma él podría hacer eso?

GABRIEL – Diciéndoles que yo había entrado aquí por matar a compañeros suyos.

HOMBRE – ¿Y es eso cierto?

GABRIEL – Lo que sé es que el grupo de ustedes no estaba en ese tiempo en este estado, o al menos no con la misma fuerza, esas personas eran de un grupo que ya controlaba aquí desde hace tiempo, así que no, señor, estoy seguro de que no eran compañeros suyos.

HOMBRE – Estás en lo cierto, nosotros recién vamos llegando al estado, te trató de confundir, ahora, cambiando de tema, tenemos que hacer algo rápido en contra de ellos, tiene que ser esta noche. ¿Alguna idea, muchachos?

134 Todos comenzaron a aportar ideas, era impresionante el talento que tenían para planear, todos soltaron una lluvia de ideas. Yo aporté.

GABRIEL – Que les parece un motín, eso desviaría la atención de los guardias hacia un punto especifico, en cuanto ellos tengan toda su atención en eso, concentramos fuerzas en el palacio del alcaide.

HOMBRE – Cuando dices motín, te refieres a una pelea, a una revuelta en contra de los guardias, o ¿qué?

GABRIEL – A algo lo suficientemente grande como para atraer su atención hacia ese punto.

HOMBRE - ¿Qué cosa es lo suficientemente ruidosa, muchachos?

Uno de los hombres agregó, "El fuego puede llamar lo suficiente la atención".

HOMBRE - ¿A qué hora tienes pensado esto?

GABRIEL – Si lo hacemos durante el día, al ver humo, los policías pueden enviar refuerzos, además es cuando más guardias hay, y si se hace por la noche, será más fácil llamar la atención, pero el contra sería que, al encender fuego, se pondrían más alerta, incluyendo en el palacio del alcaide.

HOMBRE – Decisión difícil, ¿Alguna otra idea, muchachos?

El cuarto se hace silencioso.

HOMBRE – ¡Me temo que no!, así que se abrirá una votación para ver si se atacará por el día o por la noche. Igual si alguien tiene alguna otra idea, adelante.

Se abrió la votación, te preguntarás, ¿Qué sentido tendría una votación?, si bastaba con que ese sujeto ordenara. Bueno, lo que yo supongo es que si hacían una votación, los que íbamos a participar, tendríamos la ilusión de estar de acuerdo con el ataque, de cualquier modo, aquel hombre ganaba, lo que le importaba era tener hombres para echar a andar sus planes.

Momentos después, contaron los votos a la vista de todos, la decisión que les pareció menos mala, fue que el ataque se haría con la protección de la noche, solo tendríamos unas horas para prepararnos, con lo que teníamos, la estrategia fue buscar al hombre adecuado para cada tarea, los fornidos serían los peones, al frente, a los más ancianos en la retaguardia, solo para ayudar en caso de que la situación fuera en nuestra contra, a estos se les dio armas que compensaran su debilidad, tenían bates de beisbol, tubos, todo lo que pudiera ser utilizado para aplacar el ánimo del bravo enemigo, yo no sabía que tan preparados estaba, tenían armas pulso cortantes hechas con materiales que puedes encontrar en casa, había cepillos dentales que estaban afilados en un extremo, como una estaca, y en el otro extremo, en las cerdas del cepillo tenían colocada una navaja de afeitar, así como ese ejemplo, había una infinidad de instrumentos hechos con ingenio, ingenio que sirve para dañar, a mí me tocó una manopla, esta estaba hecha con una pieza de herrería que posiblemente era de una puerta, en forma de arco, y se cerraba en forma de letra dé mayúscula, esta para hacerla más cómoda, tenía una venda, aunque parecía inofensiva, podría cuando menos romperle la quijada a alguien, y un golpe en la zona correcta, podría arruinarle la vida a cualquiera. En cuanto llegó la hora, todos nos colocamos en nuestras posiciones, en mi particular caso, mi papel en el tablero de ajedrez es que debido a que ya había entrado a la fortaleza, iba a servir de guía para los hombres. Después de eso nos pusimos en posición para el ataque, aunque sabíamos que nada bueno podía salir de ahí, nadie sabía realmente el papel que iba a jugar, ni si seríamos de las piezas capturadas, solo quedaba esperar lo mejor, y también darlo.

Capítulo V

Se llegó la hora, de haber sabido el funesto significado que tendría esa frase en el futuro. Iniciamos con el ataque, el plan era hacer todo de forma silenciosa, pero no fue así, en lugar de hacer un ataque sigiloso, todo se convirtió en una batalla ruidosa, los hombres entraron en un estado de trance, no sé cómo es posible que estos pudieran llenarse de rabia a voluntad, todos ellos parecían odiar a los que estaban por atacar, el hombre que nos había organizado, solo con mover un dedo, abrió las puertas hacia el infierno, que tuvo lugar en ese patio, como una ola, nos movimos con fuerza, las cosas marcharon bien para nosotros, nuestros enemigos caían como moscas, no fue fácil entrar al palacio, mientras había hombres en una puerta peleando con rabia, había otros que aprovecharon la distracción y se metieron por una de las ventanas del palacio, estos fueron los que permitieron que se abriera paso, en cuanto entre, miré al suelo, había alrededor de veinte cuerpos sin vida, eran tanto de ellos, como de nosotros, uno de los hombres, debido al coraje, me preguntó con la respiración agitada -Hacia dónde?, rápido!. Me posicioné al frente, y los empecé a guiar por el palacio, nos adentramos en el sin ninguna oposición, repentinamente, uno de los hombres, se me abalanzó, yo reaccioné por instinto, y con la manopla le di un golpe, este no fue suficiente, aún se movía, así que lo rematé varias veces, cuando ya no mostraba señales de vida, comencé a sentir adrenalina en todo mi cuerpo, pero no podía esperar, así que seguimos adelante, la puerta de la oficina estaba cerrada, pero también íbamos preparados para ello, entre nuestros hombres, había un hombre que sabía abrir cerraduras, así que el pasó con sus ganzúas e hizo su labor, tomó varios minutos que lo hiciera, esto supuso un alto costo para la batalla que ya parecía más que ganada, una vez terminó de hacerlo, la comenzó a abrir, pero un disparo atravesó la puerta, alcanzándolo en el estómago y atravesándolo, este alcanzó también la pierna de uno de nuestros hombres, todos nos resguardamos de los disparos, aunque habría sido válido el ir contra él, y tal vez no nos hubiera dado a todos, el problema era que nadie en su sano juicio se habría arriesgado a recibir una bala o morir, aunque de haber sabido lo que le esperaba a la mayoría, tal vez no era una mala elección después de todo. El tiempo que tardó en abrir la puerta fue lo que volteó la balanza en nuestra contra, o tal vez no, cuando las cosas salen mal uno siempre se pregunta por lo que pudo haber sido, lo que echó a perder todo es que en la oficina o algún punto de la cárcel tenía un teléfono, el cual alertó a las autoridades del municipio, las cuales sirven para proteger, a los malos, por supuesto, estas acudieron al rescate de su amo, entraron, primero sometieron a los hombres que contuvieron e inmovilizaron a los guardias de la cárcel, y posteriormente vinieron al palacio, no había forma de contenerlos, ellos tenían armas de fuego, algunos hombres solo nos sometimos, pero otros muchos, prefirieron pelear hasta el final, tal vez en el fondo, sabían que esa era mejor opción que lo que estaba por venir, yo también presentía que los horrores estaban por desatarse ante nosotros, pero preferí esperar, porque uno siempre espera que las cosas no sean tan malas, que iluso. Los policías y otros que no eran policías, pero eran refuerzos de los delincuentes, tomaron el control, a todos nos pusieron en una fila, agachados, todos tenían que hacer las cosas rápido, al que no lo hacía, le esperaba una paliza monumental, a todos nos hincaron en el patio, en todo ese tiempo no había visto del alcaide, más que la bala que disparó contra nosotros. En cuanto nos hincaron en el patio, hicieron que toda la población que no había participado, saliera a los pasillos a presenciar lo que estaba por suscitarse, salió el alcaide, lo cual era todo un acontecimiento, ya que este nunca había salido de su palacio. Uno por uno, los fueron agarrando a nuestros compañeros, y a la vista de todos, procedían a lastimarlos, a los que les iba bien, los golpeaban, cuatro contra uno, en caso de que te preguntes si seguían vivos después de eso, la respuesta es un doloroso, no. Algunos al ver lo que les esperaba, preferían pelear, pero inmediatamente, un policía o alguno de los hombres que tenían armas, les disparaban, uno logró llegar a donde estaban, y si pudo contra ellos, pero en cuanto lo sometieron, a ese pobre valiente, le esperaba la inquisición, para poner un ejemplo, a este pobre hombre, lo marcaron en varias ocasiones con un metal caliente, el cual calentaban con un soplete, se lo encajaban, este sujeto después de todo el castigo, parecía débil, ya desvanecido, pero en cuanto le ponían el metal caliente en la piel, este recuperaba la energía para gritar lo más alto posible y retorcerse del dolor, mientras los hombres armados de alrededor reían con locura, el sufrimiento de este hombre terminó cuando con un machete le cortaron la cabeza por la mitad, en vertical. Después de esto, al parecer, no bastó con lo que estaban haciendo anteriormente, así que cada sujeto que pasó después de el le fue peor, el sadismo fue en crescendo a partir de ahí, era peor conforme avanzaba la fila, todos estábamos temblando, yo solo me preguntaba, como era posible terminar así, reflexionaba todo lo que había pasado antes de llegar a esto, y a la vez no dejaba de pensar en el dolor que estaba por sentir, cada hombre que pasaba ante ellos, suplicaba, rezaba, gritaba, pero estos hombres, más se excitaban cuando esto pasaba. El patio se tiñó de rojo, las moscas quedaron encantadas con lo que se postraba en el patio.

Después de un rato de infierno, sorprendentemente tanto esfuerzo físico para los verdugos resultó ser agotador, así que se tomaron un descanso, a estos no les importó haber dejado a uno de los hombres aún vivo, agonizando, atragantándose y ahogándose con su sangre, varios reos de los que estaban obligados a ver el espectáculo desde el pasillo, se les veía el horror en su cara, sin excepción alguna, sus rostros eran pálidos y sus facciones reflejaban lástima y miedo, una vez concluyó el descanso, continuaron con el infierno, debían seguir, pues la advertencia debía quedar clara para todos, tocó el turno para el hombre que había liderado todo, este pasó por sí mismo, estoico caminó hacia su final, pero antes de eso, le gritó insultos al alcaide, con argumentos que apelaban al complejo de inferioridad del hombre que estaba a cargo, los insultos funcionaron, pues a este se le notó que si le afectaron, su cara se puso roja del coraje, pero después se rio de manera falsa y burlona y les indicó con el dedo a los verdugos que siguieran con el tormento, a pesar de todo, el hombre no mostró ningún signo de miedo, a ese pobre hombre, le tocó un castigo diferente al de los otros, a él no debían matarlo de inmediato, duró mucho tiempo sufriendo, el infierno sería un descanso comparado con eso. Pasaron los turnos, hasta que llegó el mío, inmediatamente me sentí helado, triste, mi respiración se agitaba, de cualquier forma, mi destino era una terrible, no pensaba en otra cosa, más que en tratar de sobrevivir, así que me concentré en eso, aún tenía la manopla en mi mano.

Capítulo VI

Así que caminé hacia los sujetos, sorpresivamente golpeé a uno en la garganta, este cayó inmediatamente, empujé a los otros, uno resbaló con la sangre y caminé hasta el alcaide, ellos me taclearon para que no llegara hacia él, de cualquier forma, ya habría fracasado, el hizo una seña para que esperaran y que no me mataran, me acercaron y postraron ante él, de modo que no me pudieran disparar por miedo a herirlo a él, gritó a sus hombres

ALCAIDE – Este, muchachos, es Gabriel Cervantes, tal vez ya lo conocían, aunque no en persona, él es el que mató a varios de sus contrarios, el solo.

Yo no sabía, podía esperar cualquier cosa, posiblemente solo está jugando conmigo y solo estaba haciéndome creer que no me iba a matar, pero me iban a hacer algo peor por haber matado a varios de los suyos, de lo que si estaba seguro es de que estaba muerto de miedo, y cualquier cosa que quisieran hacerme, yo no podía hacer nada al respecto, era suyo.

ALCAIDE - A este no lo maten, este es valioso, este nos será de mucha ayuda-

Me miró a los ojos y me dijo.

ALCAIDE – A menos que no quieras, pero te tengo una propuesta, quiero que formes parte de mis huestes, eres un hombre que no se debe perder así de fácil, y me parece que tu otra opción no es muy agradable.

No tuve que decir ni una palabra, el miedo en los ojos le dijo todo.

ALCAIDE - Llévenselo, no lo traten tan mal.

Me llevaron a rastras hacia palacio que habíamos tomado la noche anterior, al llegar ahí me tiraron de una manera muy amable, me golpearon y todo lo que se espera, pero que es mil veces mejor que lo que me esperaba, después de eso comencé a temblar de manera convulsa, hasta quedarme dormido. Desperté cuando de nuevo era noche, ya no estaba en la cárcel, ahora estaba en una casa en ruinas, rodeado de más personas de todas las edades y de ambos sexos. Desperté débil, pero nadie se inmutó ni ayudó, me dolía la cabeza debido a la golpiza que se me había propinado, pregunté donde estábamos, pero nadie contestó, duramos en esa casa alrededor de seis horas, hasta que llegaron por nosotros unos hombres armados, nos ordenaron salir de la casa, nos hicieron ir a un campo, nos hincaron ahí. Un hombre comenzó a hablar, decirnos que ya les pertenecíamos y que la única forma era salir muerto, cosas por el estilo, nos separaron, e hicieron una especie de torneo, este torneo era algo así como lo que Darwin llamaba selección natural, nos iban a poner a pelear a muerte entre nosotros, uno contra uno, al que se negaba, se le eliminaba, literal y figurativamente. La cantidad que debía sobrevivir eran cinco, éramos veinte, como les mencioné anteriormente, éramos hombres, mujeres y niños, afortunadamente a los niños no los incluyeron, a ellos solo los pusieron en el público. La primera ronda, fue entre un hombre y una mujer, comenzaron a pelear mientras los hombres armados de alrededor se burlaban de ambos, reían de forma desenfrenada y burlonamente echaban porras al bando al que habían apostado, la mujer sacó todas las fuerzas por sobrevivir, utilizaba uñas, manos, rodillas y todo lo que estuviera a su alcance, sin embargo no bastó para ganar, el hombre contra el que peleaba le arrojó tierra hacia los ojos, la derribó y terminó con la tarea, varios espectadores se quejaron, pero solo porque habían apostado a ella, se quejaron por la trampa que les hizo perder dinero, pero no había reglas, así que solo la movieron como si no fuera nada, y continuó el proceso de selección. Avanzó el torneo, gané, afortunadamente me tocaron solo contrincantes de mi género, a los cinco que quedamos nos subieron a las cajas de unas camionetas, a los cadáveres solo los dejaron ahí, no los cubrieron, no les hicieron nada, yo me sentía terrible, despúes nos llevaron a donde nos adentraríamos más y más en la miseria, pasaron meses y, conforme me iba adentrándome y sobreviviendo, me sentía más miserable, ya a este punto me preguntaba, que tanto había valido la pena haber sobrevivido a todo, de seguir, todo por lo que había peleado habría sido inútil y absurdo, no quería seguir más, pero al mismo tiempo me aferraba a la vida, aunque eso significara tirar todo a la basura, ahora era menos que un cobarde, solo cumplía con lo que me ordenaban, perdí mi humanidad, que es ese instinto de empatía con los semejantes, es esa capacidad de discernir entre el bien y el mal, sé que eso puede ser muy ambiguo y depende de lo que las personas normalicen, pero, hay un límite, en este caso, este límite es cuando atentas contra personas inocentes, contra personas indefensas, en pro del egoísmo de otros, ahí está el límite, estoy atrapado, solo sobreviviendo, ya no soy la persona que solía ser, o siquiera una persona. Esta fue mi historia, que perfectamente podría describir la historia de muchos, que no les quedó más que adaptarse a su entorno, es fácil decir que cada quien es dueño de su propio destino, pero no es así, hoy en día hay más desigualdad que nunca, hay personas que tienen más dinero de lo que podrían gastar, mientras hay personas que no tienen ni para comer, esta fue la historia de alguien que tenía grandes aspiraciones y que terminó siendo un imbécil más.

Me despido deseando que en el futuro estos tiempos solo sean un mal recuerdo.

Agradecimientos

La mayoría de veces pensamos que si llegamos lejos es gracias a nuestro esfuerzo, pero se nos olvida que todo es un trabajo en equipo, este libro desde el momento en el que está terminado, independientemente de si tiene éxito o no, para mí ya es un logro el solo hecho de publicarlo, y quiero agradecer por ese éxito en primer lugar a mi Abuelo y mejor amigo, Salvador Rodríguez, en paz descanse, que siempre estuvo ahí para impulsarme con sus sabias palabras, que nunca dudó de mí y que alcanzó a verme escribir esa historia, lastimosamente no a publicarla, también quiero agradecer a mi mamá, Miriam Rodríguez y a mi tío, Eduardo Rodríguez, que son las personas que me ayudaron económicamente para que esto fuera posible, gracias por creer en mi, como ya mencioné, cada cosa es un trabajo en equipo y les agradezco por formar un gran equipo. También quiero agradecer a mi hermana Leslye Rodríguez, tú me impulsas a ser una gran persona para ser un ejemplo digno, quiero que seas mil veces mejor que yo. También agradecer a mis tías Cinthia y Marbella. También agradezco a mi amigo, Sergio Vega por que sin el ejemplo que dio, difícilmente habría intentado escribir una historia, me demostraste que era posible, que siempre hay una oportunidad siempre y cuando tú la busques. Para concluir y que no se alargue demasiado esto, disculpen las personas que no pude incluir, quiero agradecerle a cada uno de ustedes porque cada persona con la que tenemos contacto, afecta de una forma u otra a nuestra persona, y todo eso al final terminó en la obra.

Indice

www.ingramcontent.com/pod-product-compliance
Lightning Source LLC
Chambersburg PA
CBHW052035150726
48002CB00002B/620